诗词曲赋的极致之美

流逝，唯诗意生生不息

今生只做红尘客：

品味**元曲**的

极致之美

蔡玉青——著

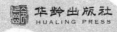

华龄出版社
HUALING PRESS

责任编辑：薛　治
责任印制：李未圻
封面设计：颜　森

图书在版编目（CIP）数据

今生只做红尘客：品味元曲的极致之美 / 蔡玉青著.
--北京：华龄出版社，2017.1
ISBN 978-7-5169-0867-9

Ⅰ.①今… Ⅱ.①蔡… Ⅲ.①元曲－文学研究
Ⅳ.①I207.24

中国版本图书馆CIP数据核字（2016）第322904号

书　　名：今生只做红尘客：品味元曲的极致之美
作　　者：蔡玉青　著

出 版 人：胡福君
出版发行：华龄出版社
地　　址：北京市东城区安定门外大街甲57号　　邮编：100011
电　　话：010-84044445　　　　　传真：010-84049572
网　　址：http://www.hualingpress.com

印　　刷：三河市东兴印刷有限公司
版　　次：2017年6月第1版　　2019年12月第3次印刷
开　　本：880×1230　1/32　　印　张：5
字　　数：120千字
定　　价：29.80元

曲也销魂，人也销魂

如果问一个中国的读书人最想生活在历史上的哪个朝代，那么大部分人可能会选择宋朝；如果问他最不想生活在哪个朝代，更多的人可能会选择代宋而来的元朝。宋与元这两个朝代，一前一后，就像是历史给现代人的样本展示，一个绝对重文轻武，文人占有绝对地位；一个绝对重武轻文，马上得天下，也习惯马上治天下。虽然两个朝代的文化氛围截然不同，但中国传统文脉并没有在文人地位式微的元朝断绝，相反，承接宋词的辉煌，元曲也走到了文学史的高峰，可以与唐诗宋词明清小说鼎足并举。

元曲是元杂剧和元散曲的总称。金元之际，随着游牧民族入主中原，新的文化也被输入进来，与中原地区的词曲文化结合，大量口语、俚语出现在文人的笔下，渐渐地形成了元曲。元曲的内容驳杂而庞大，然而不外乎以下几个主题：

羁旅天涯的离愁难抑与心情的低回。此类曲子最具代表性的当属马致远的《天净沙·秋思》："枯藤老树昏鸦，小桥流水人家，古道西风瘦马。夕阳西下，断肠人在天涯。"九个意象式的名词并列，传神地描摹出了文人远离家乡，流浪江湖的感伤之情。

男女之间动人的爱情。这是一个千古不变的主题，元代的很多杂剧表现的就是男女的情爱，例如王实甫的《西厢记》、郑光祖的《迷青琐倩女离魂》、鲍天佑的《王妙妙死哭秦少游》等，这些故事中的男男女女为爱可以不顾家人的反对幽期密约，为爱可以为情人肝肠寸断，为爱可以生生死死、动人心肠。

看透名利，归隐山林的急迫心情。文人自古都有林泉情结，特别是那些曾经在官场辗转，抑郁不得志的人，他们痛苦于官场的黑暗与波澜起伏，总想寻一方心灵的净土，而山林、泉水、鸟鸣、花香，就成了他们心中最美的向往。"弃微名去来心快哉，一笑白云外。知音三五人，痛饮何妨碍？醉袍袖舞嫌天地窄。"（贯云石《清江引》），"竞功名有如车下坡，惊险谁参破？昨日玉堂臣，今日遭残祸。争如我避风波走在安乐窝。"（贯云石《清江引》），这些都是现实的教训后痛苦的领悟。

对黑暗现实的批判，对百姓水深火热生活的怜悯。这也是有社会责任感和同理心的文人笔下常见的题材。一边是官商勾结，层层官员获利："且说一季中事例钱，开作时各自与。库子每随高低预先除去，军百户十锭无虚，攒司五五拿，官人六六除，四牌头每一名是两封足数，更有合干人把门军弓手殊途。那里取官民两便通行法，赤紧地贿赂单宜左道术，于汝安乎？"（刘时中《端正好·上高临司·滚绣球》）一边是百姓绳床瓦灶，为衣食愁："倚篷窗无语嗟呀，七件儿全无，做甚么人家？柴似灵芝，油如甘露，米若丹砂。酱瓮儿才罄撒，盐瓶儿又告消乏。茶也无多，醋也无多。七件事尚且艰难，怎生教我折柳攀花！"（周德清《折桂令》）这正应了张养浩的那句"兴，百姓苦；亡，百姓苦"。

元曲的生命力就在它的这些表现题材里，生生不息地传承。由于有很多俗语与俚语进入其中，因此读起来朗朗上口，又泼辣生动，读过后让人如饮了一碗烧刀子，身心都沸腾起来。大多数元曲的用典不如唐诗宋词那样多，所以很容易理解。但是，其词语又并非一味通俗与直白，而是用最朴素的文字表达了蕴藉的情感，它的难点在此，它的妙处亦在此。

从1271年到1368年，元王朝共存在了九十七年，元代文人在这不到百年的时间里，用曲子来表达自己的思想与情感，抒发自己的喜乐与哀愁。历史如滚滚江水东流不尽，元朝终究成了历史上浓重又暗淡的一笔，而元曲在文学的天空中永恒闪耀，夺人魂魄。

目　录

卷一　离乱曲

动荡的不仅是尘世，亦是人心。一曲曲的离别歌，亲人执手谆谆，朋友把酒辞行，愁肠难断，黯然销魂。这些离乱之曲读起来看似波澜不惊，其实情浓切切，激荡人心。

断肠人，在天涯

故乡，在每个人的心中，从来都是一个难解的心结。中国自古即有"父母在，不远游"的传统。离乡，或许是为了蟾宫折桂，实现"一朝看尽长安花"的潇洒快意；或许是被贬他乡，碰着同样的"天涯沦落人"，便湿了司马青衫……

无论如何，离乡都是一种无奈。在古人看来，人就像一棵树，只有把根牢牢地扎在故土中，才能枝繁叶茂，盛开浓荫。传统中八户人家围成一个方方正正的院落，像"井"字形，背对着院子就等于离开自己的老家，"背井离乡"即由此而来。这个古老的象形文字，蕴藏着浓浓的恋乡之情，历经千年风霜也不曾褪色。

漂泊在外的游子对故乡的思念就好像海边的浪潮，纵然他们的心是坚硬的礁石，日复一日地被侵蚀，也难免留下伤心的孔洞。"采薇采薇，薇亦作止。曰归曰归，岁亦莫止。靡室靡家，猃狁之故。不遑启居，猃狁之故。"一束束薇菜已经发芽，采一束薇菜，思乡之泪就要落下。然而说回乡道回乡，边防战事还未完结，家又如何回得？《诗经·小雅·采薇》一诗，传唱着战士征夫的一汪乡愁，凄切迷离。

在外颠沛的游子，与戍边人之愁又有何异。李白有妇孺皆知的"举头望明月，低头思故乡"；李煜满腔愁情，感慨"离恨恰如春草，更行更远还生"；马致远骑瘦马独行古道，"断肠人在天涯"；纳兰性德乡梦难续，"风一更，雪一更，聒碎乡心梦不成"。

面对故乡，游子的心底总是翻腾着千层波澜，久久不能平静。孤独的岁月里，午夜梦回时，不眠之人的忧愁逐渐袭来，由淡而深，润湿了记忆。回不去的是故乡，冲不破的是时间建筑的高墙。

人生易老，世事沧桑。与过往的王朝相比，国家民族的变乱，众多民族的聚居，一点点挑拨着元人敏感的思绪，他们的离愁仿佛也更加深切。元代科举时行时辍，因而仕途失意的儒士"多致力于文字之间，以为不朽"。加之少数民族乐曲的传入和繁盛，正如徐渭所说："北曲盖辽金北鄙杀伐之音，壮伟狠戾，武夫马上之歌，流入中原，遂为民间之日用"，更易表情达意的杂剧和曲子便流行起来。

饱经离难的元人，把自己的情感笔酣墨饱地写入元曲，被传唱于市里坊间，一字字、一声声催人泪下。

渔灯暗，客梦回，一声声滴人心碎。孤舟五更家万里，是离人几行情泪。

马致远《寿阳曲·潇湘夜雨》

在《汉宫秋》里，马致远曾借王昭君（王嫱）之口道出了离乡的一番折磨："背井离乡，卧雪霜眠。"离开家乡就如同卧于霜雪之上，这是何等的痛苦。而他的这首《寿阳曲·潇湘夜雨》，亦是让人心碎的断肠曲，每一字每一句都敲打着人们敏感的心弦。

潇湘本指湘、潇二水汇集的零陵郡，后来成为湖南一带的代称。宋人爱风花雪月，便封湖南的八处景致为"潇湘八景"。夏秋时节，此地淫雨霏霏，昼夜不停，沉闷而忧郁。尤其是渔灯四暗、夜晚将至之时，淋漓的小雨落在孤舟里，落在缥缈朦胧的水雾间，落在离家万里的游子面庞之上，让人不禁恍惚：在游子脸上肆意纵横的难道不是雨丝，而是自己的思乡之泪？

孤舟总是离索，夜雨更让人惆怅。根据史载，马致远有"二十年漂泊"生涯。当他在日益黯淡的岁月中，流下无奈的泪水；当生命的花瓣即将枯萎，落下蜷缩的残萼，流露在他曲中幽深慷慨的离愁，便更容易让人领会。

　　然而，漂泊天涯的人又怎独马致远一个呢？每个团圆的节日，每个似曾相识的景物，都让游子的思乡之情无处藏身，戚戚然暴露于眉上、心间。

　　冬至是唐时的重要节日，在这一天，皇帝会到郊外举行祭天大典，百姓也会向父母尊长祭拜，相互庆贺。某一个冬至夜里，白居易独自在邯郸驿里，唯有影子与之相伴。他抱着膝头瑟瑟发抖，"想得家中夜深坐，还应说着远行人"，心里想着家中的亲人也和他一样辗转难眠，思念远人，那一份孤苦伶仃的思乡之情便来得更加沉重。

　　秋风江上棹孤舟，烟水悠悠，伤心无句赋登楼。山容瘦，老树替人愁。[幺]樽前醉把茱萸嗅，问相知几个白头？乐可酬，人非旧。黄花时候，难比旧风流。
　　秋风江上棹孤航，烟水茫茫，白云西去雁南翔。推蓬望，清思满沧浪。[幺]东篱载酒陶元亮，等闲间过了重阳。自感伤，何情况，黄花惆怅，空作去年香。

汤式《小梁州》

　　思乡本不论季节，但一年中总有些日子会令人离愁遍生。重阳节亦是历来团圆的时刻，王维有诗云："独在异乡为异客，每逢佳节倍思亲"，遥想家乡的亲人携手登高，观花饮酒，一派和乐，而自己独在他乡，无人相伴，越发觉得孤独。同样，在九月九日深秋之际，曲人汤式也不免发出这番慨叹。

　　汤式生于元末明初，历经元、明两朝的更迭。虽与马致远生活的年代大不相同，但汤式入明不仕，同样经历了落魄江湖多年的日子。生于乱世，他的命运不可避免地烙上了颠沛流离的印记。据说他后来曾得到燕王朱棣的赏识，宠遇甚厚，但在此之前，汤式流落江湖多年，他对漂泊的感悟，深入骨髓。

　　孤舟总是激起人无限的飘零之感，马致远有"潇湘夜雨泊孤舟"之语，汤式的两曲亦从孤舟写起。他独自泛舟江上，秋风瑟瑟，烟水茫茫，使得他内心生出无限惆怅。作者欲登楼遣愁，无奈所见之景也是同样的悲苦。山容枯瘦，老树竟也替自己忧愁。汤式看着眼前桌案上的酒樽，闻着淡淡的酒香，禁不住暗叹：自己已经渐渐老去，不知故乡中，健在的知己尚有几人。杜甫《九日蓝田崔氏庄》中"明年此令知谁健，醉把茱萸仔细看"倾诉的亦是同样的心曲。在无人相伴的节日里，作者感慨万千，过去与亲友欢乐相聚是多么容易，而今独在他乡，黄花依旧，却物是人非。

汤式的后一曲与前一曲首句重复，思乡之情却有增无减。汤式抬头仰望，悠悠西去的白云，南飞向暖的大雁，都像是自己的影子。回到舟中，他掀起蓬帘而望，眼前滚滚流动的江水正像自己的情思一样，溢满一江，江流不断。在这种情境中，汤式又忆起陶渊明入菊园饮酒赏花过重阳的情景。他遥想，故园的菊花应该也和我一样惆怅吧，它的馨香依旧，而知己早已漂泊在天涯……

未写人念菊花，而写菊花思人，曲人的一杆妙笔将思乡之情写得凄凉感伤，无限怅惋。在离人曲中，有一些意象总是频频现身，因为它们常常会勾起游子的愁情，譬如孤舟，譬如秋风，譬如黄花，譬如烟雨，它们已然成了离愁的代名词。

或许确实如后人评论的那样，汤式的散曲虽明艳工巧，却大多有情感矫揉造作之嫌。然而，游子之愁是无法刻意营造的，如若没有长年的宦游和羁旅，人思黄花、黄花思人的愁苦便不会如此浓重。即便只冲着这一点，汤式就应得到后人的缅怀。

如若在阳光明媚的白天，游子还能强颜欢笑，遮掩离愁，而在孤寂无人的茫茫夜里，离愁便像遍洒的月华般难以掩饰。浩渺广袤的夜空，万籁俱寂，斜风透过窗棂吹进房间，不断撩拨游子的彻骨惆怅。王建的"今夜月明人尽望，不知秋思落谁家"，韦应物"淮南秋雨夜，高斋闻雁来"，都是因一腔愁情无处寄托，而在夜晚写下的凄迷之作。

"移舟泊烟渚，日暮客愁新。野旷天低树，江清月近人"，出自孟浩然的著名绝句《宿建德江》。建德江位于富春江的上游，即新安江经建德县（今浙江省建德市）的一段江水。诗人夜宿建德江畔，烟气缭绕，夜色朦胧，因而触景生情，旧愁未消，又添新愁。孟浩然在《自洛之越》一诗中说："皇皇三十载，书剑两无成，山水寻吴越，风尘厌洛京。"三十年的光阴，诗人自叹一事无成。于是他把羁旅中的惆怅，对故乡的思念、仕途的失意、理想的幻灭、人生的坎坷等人生况味都熔炼在这首诗中。

汤式与孟浩然的经历相似，在仕途失意中渐渐顿悟人生，因而最终，他们都选择了跨过世俗和时间的门槛，放飞自己的灵魂，去广阔的山水间寻找自由。

《荀子·礼论》中说："过故乡，则必徘徊焉，鸣号焉，踯躅焉，踟蹰焉，然后能去之也。小者是燕爵，犹有啁噍之顷焉，然后能去之。"凡生于天地之间"有血气"的大鸟兽，一旦离开自己的群体，再经过原来住的旧地时，一定会在那里徘徊周旋，啼鸣嘶叫，而后才会不舍地离去。即使是燕子麻雀之类的物种，也会在那里叽叽喳喳一会儿才会离开。

那些栖留异乡的动物的啼鸣，倘若能被解读的话，或许也是一曲曲让人肠断的游子吟。动物尚且都眷恋自己的同类，依恋自己的故乡，更何况满腔情思的人呢？不管是白马秋风凄厉的塞上，还是杏花春雨明丽的江南，如果不是故乡，人们便会生出无限惆怅。因而，游子归乡，将是亘古不变的美好祈愿。

游子愁，相思泪

翻开史册，一个披发行吟者的声音总是让我们难以忘怀：

"鸟飞反故乡兮，狐死必首丘。信非吾罪而弃逐兮，何日夜而忘之。"

是的，他就是屈原。战国时各国混战不休，因遭谗臣的妒害与楚怀王的疏远，屈原两次被逐出郢都，后被流放江南之地，辗转流离于沅、湘二水之间。流放之路艰难困苦，当他停留于江夏之间，对故土郢都的思念便疯狂袭来，故而他挥笔写下《九章》，以哀故乡。鸟儿高飞于苍穹，也终要飞还旧巢；狐狸死时，头定朝着狐穴所在的方向。自己没有罪过却要遭遇放逐，纵然流浪在外，对故乡的日夜思念也不敢相忘。

数百年后，曹操在外行军打仗，面对旷远的山河，亦忍不住对兵士道出他内心的思乡之情："狐死归首丘，故乡安可忘？"同屈原一样，曹操也引用狐死首丘之说高歌自己对故乡的眷恋。相传狐狸将死时，假若不能回到自己的洞穴，头必朝向出生的山丘。曹操一生南征北战，东伐西讨，停歇下来的时候，他牵挂的不是万里江山，而是故乡熟悉而又甜美的气息，让人动容。

不管眼中看到的是辽阔的江海，还是和煦的暖风，眼前的一草一木、一事一景都会扯动每个人心中最敏感最柔软的地方，让人想起曾经在故乡经历的无忧岁月。生活的艰辛总是令人万分颓丧、满面风霜，但在故乡的召唤与抚慰中，漂泊他乡的游子却能勇敢地埋葬曾经的忧伤，怀抱着自己对故乡最美好的依恋，与所有美好的事物一起，在香甜的梦中沉酣。

谁家练杆动秋庭，那岸窗纱闪夜灯。异乡丝鬓明朝镜，又多添几处星。露华零梧叶无声。金谷园中梦，玉门关外情，凉月三更。

乔吉《水仙子·若川秋夕闻砧》

此曲是元人乔吉在行经若川时所作。他落脚若川时，正是落叶铺径的深秋。本应静谧的夜晚，却被隐隐约约的捣衣声所打破。古人的衣物由丝麻等物编织而成，需用捣衣木将织物砸软，越是经过锤炼，衣物越柔软舒适。顺着捣衣声音传来的方向，乔吉远远地望见，隔岸一户人家的灯还没有熄灭。他知晓那户人家定然有人要远行，故而闺中女子连夜推动砧杵，捣练制衣。

眼前之景让乔吉又联想到了自身，记忆恍如决堤之水般涌来。他想起左思《白发赋》的"星星白发，生于鬓垂"，猝然发现古人已逝，而自己也已垂垂老矣。对着轩窗边的镜子，他看到镜中人两鬓间出现了几根白发，禁不住黯然神伤。正在此时，一叶梧桐飘落，梧桐叶干枯的剪影剪出了他内心悲苦的情状，隐约中令他似乎又重回"金谷园中梦"。

金谷园为晋石崇所建的宴客聚会之地，客人们常在此地饮酒赋诗，同享风流。就连遗世独立的李白，也希望建一个这样的院落来与亲友相聚，在喧嚣的尘世中独开一片逍遥快乐的天地。想到金谷园，乔吉忽又忆起李白的《子夜吴歌》："长安一片月，万户捣衣声。秋风吹不尽，总是玉关情。"李白诗中思妇对征人的思念让人动容，而乔吉对故乡的依恋，恐怕也只有过之而无不及。

"曲从肺腑出，出辄愁肺腑。"在冰冷的月华下，乔吉的思旧情绪越发浓烈。只是，他就像一叶无根的浮萍，只能孤单地飘零在无依的河川中。

瘦马驮诗天一涯，倦鸟呼愁村数家。扑头飞柳花，与人添鬓华。

乔吉《凭阑人·金陵道中》

穷游天涯之后，乔吉路过金陵古道，思乡之情再次袭来，因而含泪写下这曲小小的《凭阑人》。"瘦马驮诗"的故事源自唐代诗人李贺，被誉为"诗鬼"的李贺本是唐宗室郑王李亮的后裔，虽家道中落，他在寒窗苦读数年后仍取得了功名。然而，命运却不肯轻易给他一个微笑，因遭人毁谤，李贺高中却不能举进士。从此，他便断了入世念头，一心在外流浪。他总是骑着一头驴，背着一个破皮囊，每遇新奇之物便赋诗一首，丢入囊中，遂于悲苦中反倒成就了"瘦马驮诗"的典故。

隔着数百年，乔吉把李贺写入曲中看似只是运用典故所至，而实际上，正是相似的命运让两人有了这般跨越时空的联系。元人钟嗣成曾在《录鬼簿》中形容乔吉："平生湖海少知音，几曲宫商大用心。百年光景还争甚？空赢得，雪鬓侵，跨仙禽，路绕云深。"乔吉一生难遇知己，费尽心思做文章，只为得到有识之士的赏识。然而人已到老，鬓已斑白，自己能做的唯有退隐江湖。

乔吉的余生和李贺一般，总在天涯飘零。他就像一只飞久了的鸟，疲惫不堪。行到金陵附近，乔吉知晓此地离故乡杭州不远，又看到几只倦鸟向附近村子飞去，便忍不住伤感起来。漫天飞舞的柳絮飘至自己斑白的鬓角，作者的内心更觉凄惶，自己的青春年华倏然间便这样逝去了。树上的年轮冷漠地增加着，石头的棱角无声地被消磨着，谁对时间的抗议是有效的呢？沉默的时光是一切情感的纠结和答案。

生活在蒙古人统治的元朝，汉族文人大多仕途不顺，像乔吉一样羁旅在外反倒成为一些读书人的常态。他们长期滞留他乡，或谋求仕途，或探访亲友，或经商为官，或受战争离乱，或被贬蛮荒之地，或壮游名山大川。出门在外，已感到强烈的孤单与寂寞，若再加上仕途失意、奔波劳碌、不得己志，他们的生活便更加痛苦艰辛。

旧时，道路坎坷，交通不便，旅途的遥远与劳累困扰着每一个外出的人。"晨起动征铎，客行悲故乡。鸡声茅店月，人迹板桥霜。槲叶落山路，枳花明驿墙。因思杜陵梦，凫雁满回塘。"唐朝温庭筠的《商山早行》便形象地刻画了旅途的劳顿。雄鸡已报晓，而月亮还未落下，诗人就早起赶路，任由车马的铃铛叮叮当当地响起。然而温庭筠走在路上，看到晨霜上早已留有行人走过的足迹，实是"莫道君行早，更有早行人"。

旅途的劳顿是一方面，离开故土，与亲友的通信也很困难，在杜甫眼中，一封家书甚至能"抵万金"。天宝年间，岑参两度出塞，多年宦游，回到故乡近乎成了一种奢望。征途漫漫，再加上自己年老难以返乡，见到熟人想托他递送一封家信，却因没有纸笔只能托他传个口信，"马上相逢无纸笔，凭君传语报平安"。思前想后，想让友人传达的不过"平安"二字，读来让人觉得不胜悲辛。

如果说寄出的书信常常不能送至收信人手中会让人忧愁，写信的过程仿佛更让人痛苦。秋风飒飒而吹，唐代诗人张籍在洛阳城中又过了一载春秋。他想给家人写一封书信，把千重万重的思念倾诉给他们。当捎信人要离开之时，他却重新开启已封好的信笺，"复恐匆匆说不尽"，又拿起笔来增增减减，唯恐落下什么。

明朝袁凯《京师得家书》："江水三千里，家书十五行。行行无别语，只道早还乡。"正如袁凯所写，小小的一封家书，可以承载多少惦念与情感？薄薄的几页纸，不过都在催离人早归而已。然而它是游子和故乡的纽带，一字一句都沾染着离人对故乡深深的缅怀。人皆是恋着故土的，尤其是对漂泊厌倦之后，寄一封家书，恨不得把自己的灵魂也一同寄去。乔吉将自己小小的思乡曲，放入自己的诗袋，虽然不寄出，却能给孤独的心灵带来慰藉。

有人说，最美的风景在远方。在每一个遥远的所在，都有值得向往的渴慕与追求。然而，在远方辉煌美丽的丰碑背后，也有常人看不见的灰尘与落寞。离开故土，不仅仅有若隐若现的美好前程在等待，更有漫长的痛苦与彷徨在召唤。在旅途中，也许有人心伤了，梦碎了，才华喑哑，生命黯淡，觉得世界一片晦暗。然而，在游子的记忆中，故乡永远是一个多彩而鲜活的存在。不管得意失意，无论有名无名，当时间的沙漏慢慢流转时，故乡消愁止痛的药效永不会减弱。

也许，有的人生来就是天边的一只孤鸿，注定要漂泊天涯。日升日落，孤单的飞鸟义无反顾地飞向远方，而在渐行渐远的轨迹中，它对故乡的回眸和眷恋，会在天际定格为一个美丽的身影。

忘忧草，不解愁

忘忧草，含笑花，劝君闻早冠宜挂。
那里也能言陆贾？那里也良谋子牙？那里也豪气张华？
千古是非心，一夕渔樵话。

白朴《庆东原》

忘忧草，含笑花，如此让人动情的名字。仿佛采撷一株小小的忘忧草，诸多烦恼就可以抛诸脑后；摘一朵含笑花戴在头上，纷乱思绪就会在馨香中飘散开去。旧时，世人认为吃了紫萱草就像喝了酒一般，可以忘却尘世烦扰，因而美其名曰"忘忧草"。在南方，含笑花，花香清远，花朵娇俏，四季常开不败，故而被尊为百花之首。

实际上，忘忧草不过是寻常的盘碟中小小的黄花菜，含笑花也不过是茉莉而已，而古人则将美好的愿望寄存在它们的名字里，让真情就像它们的花瓣一样，澄澈透明。

这曲《庆东原》出自元朝的杂剧大家白朴之手，曲中的主人公言笑晏晏，奉劝世人莫把是非成败、功名利禄放在心上，唯有抛却这些，方能在忘忧草、含笑花的花香中，远离人生的种种不安和烦恼。

曲中的主人公用心良苦，希冀消除所有人的苦难，这又何尝不是白朴的心愿呢？他担心世人执拗地追名逐利，便又以许多古人为证，一一言说他们因放不下功名而罹患不幸的事迹。汉代的陆贾能言善辩，西周的姜子牙足智多谋，东晋的张华文武双全，然而，他们都遭遇了被放逐远方的厄运。时间的风沙吹过，他们的功过是非都被掩盖，不过徒增渔人樵夫茶余饭后的谈资罢了。

岁月无情，命运难违，古人尚且如此，我辈之人又如何呢？白朴曲中的言辞看似洒脱，实是元王朝大多数曲人的心曲。仕途难走，求得了功名也难在官场中全身而退，每个人仿佛都在复杂的社会中沉浮。白朴在曲中谆谆奉劝世人，实则也是奉劝自己：命途多舛，唯有自己看破，才能超越俗世，领悟人生的真谛。

乔吉亦是元时不得志的红尘客，少有才华，善于写才子佳人的爱情婚姻故事，然而他的一生，政治上落寞，又为漂泊所苦，到头来不过是"三千丈清愁鬓发，五十年春梦繁华"。就像他所著杂剧《扬州梦》这一题目一般，浮生若梦，年华终有老去之时。

江南倦客登临，多少豪雄，几许消沉。今日何堪，买田阳羡，挂剑长林。

霞缕烂谁家昼锦，月钩横故国丹心。窗影灯深，磷火青青，山鬼喑喑。

乔吉《折桂令·毗陵晚眺》

年少时意气风发，无奈千秋之志终化为一声叹息，因而乔吉喜欢自称"倦客"。功名仕途的挫折，雄心壮志的磨灭，最终都化作他对生活和官场的厌倦。

自古以来，唯有真正看过深渊之人，方能领悟人生真味。苏轼在官场纵横数十年，三起三落后，终有"人生如梦，一樽还酹江月"的感慨。于是，他抛却所有，在阳羡置地耕田，过起了陶渊明"归园田归"般的闲淡日子。闲云野鹤、渔樵江渚的生活，在经历了纷繁世事的乔吉眼中就是最好的归宿，因而他也不禁流露出了向往之意，想要效仿苏轼"买田阳羡"。徐逊的人生抉择和苏轼相似，这让乔吉歆羡不已。

徐逊本是晋朝的一任小官，后来看透了仕途险恶，最终选择解甲归田，求仙问道。征途漫漫，徐逊走过漠漠平林，翻过重重高山，看过滔滔江水，拨开层层迷雾，最终了悟：纵然能春风得意，一时显赫，到头来也不过是黄粱美梦一场。据传，徐逊成了仙，每次到人间游历时，他都会先到艾城镇（今江西南昌附近）的冷水观，先把剑挂在观内的松树上，而后再问红尘。乔吉提到徐逊，大抵也是想要抛却功名、远离尘俗。

苏轼、徐逊还曾在朝堂上慷慨激昂，施展抱负，而乔吉却连个芝麻大小的官职都没有出任过。他不像苏轼那般旷达，又不似徐逊那般超脱。夜幕缓缓拉开时，他只能孤对着"窗影灯深"，感慨故园难回，感慨自己的人生之灯行将就灭。远处坟茔的青青磷火若隐若现，山鬼的哭声忽高忽低，更添一分凄凉悲怆。

或许，每个人都如曹操诗中的乌鹊一样，在月明星稀的夜晚，展翅南飞，然而"绕树三匝"，却不知"何枝可依"。从幼年、少年，到成年，每个人都不由自主地被卷入到生活的洪流中，在其中挣扎、彷徨、寻觅，等待一个梦华丽地实现。

这个梦或许是功利的，或许是超脱的，都无可厚非。古时的读书人十年苦读，想要如鲤鱼一般，一朝跃出龙门，其实再寻常不过了。然而，身处乱世，这个梦境的实现总会遇到意想不到的阻碍。乔吉自诩文坛英雄，本应意气风发，却为世俗所苦，追求名利不得，也未完全走入逍遥之境，只任自己在红尘中飘摇，在伤感中感慨时光如水。

与乔吉一般同受时代之苦的白朴一生颠沛流离，却有着与乔吉不同的心境。纷纷扰扰的世界就像一个大染坊，每个人则像一块白布，经过染缸的浸染，多多少少都会沾染一些其他的色彩。个人的命运总逃不了世俗的羁绊，然而白朴能在尘网中坚持自己，不是要等到成为"官场倦客"才离开，而是早早地捧着忘忧草、含笑花，对红尘一笑置之。他一生颇受离乱，却从不惧风雨飘摇，因他知晓比风雨更自在的是人心。

《菜根谭》中有如是之言："势利纷华，不近者为洁，近之而不染者为尤洁。"不接近权势名利的人是高洁的，接近权势名利却不为之动心的人更为高洁。追求功名或许也没有什么错，"修身、齐家、治国、平天下"历来是读书人的宏愿，然而，显达时"兼济天下"的路途若遍生荆棘，换一个方向，于困穷时"独善其身"，或许会看到更美的风景。或许人的心总是很难平静，但一个人的心真的静了，他的世界也就像白雪飘零时一般安详、纯净。

凌云志，悲欢歌

英雄白头，总是和美人迟暮一样，让人遗憾不已。曾经的豪气冲天，曾经的力挽狂澜，在悠长的时光面前，都显得苍白无力。白起、项羽、霍去病、岳飞……值得铭记的人如此之多，而如今，他们的名字只能停留在碑刻上，时时遭受风吹雨打。

但是，留有一个被侵蚀但仍可考证的名字亦是幸运的。元代的曲人、杂剧家，大多都遭受了被历史遗忘的悲哀。这是他们的不幸，后人的不幸，亦是时代的不幸。因为对元人的记录实在寥若晨星，他们的生卒年、人生大事，很少能被求索出来。

元代是中国历史上一段特殊的岁月，动荡而又统一，或许正因为如此，文化的断层也让记忆产生了裂隙，当时的文人名士大多都在历史中走丢了，杳无音讯，只留给后人"生平不详"四个字。

马谦斋便是一个被历史遗忘的人。生卒年不详，生平无可考的马谦斋，大约生活于元仁宗延祐年间。他与当时著名的曲人张可久几乎生活在同一时期，张可久约生于1270年，卒于14世纪中叶，这成为马谦斋具体生活年代的唯一确证。找不到历史坐标的马谦斋俨然已是时光的过客，然而，其人其性，我们或许能从他残留的作品中略知一二。

> 手自搓，剑频磨，古来丈夫天下多。青镜摩挲，白首蹉跎，失志困衡窝。有声名谁识廉颇？广才学不用萧何。忙忙的逃海滨，急急的隐山阿。今日个，平地起风波。
>
> 马谦斋《柳营曲·叹世》

搓着两手，把剑磨了再磨，他的心中思潮澎湃。自古男儿多丈夫，然而对镜自视，指尖挑起的都是白发，岁月早已蹉跎，自己仍身居陋室，有才无处施计。假使自己当真成了廉颇一样的名将，老矣无用，声名终会如流水般消散；假使自己当真是萧何一般的八斗才士，生在当世，或许也唯有埋没乡间。罢了罢了，这世上哪有我的容身之处呢？不如早早地当个无名隐士，在海滨看朝朝旭日，到深林闻朵朵花香，永远地逃离这平地里也能起风波的浊世。

空有一身抱负却出入无门，马谦斋流露出的失意之愁，在元代甚至各朝的诗文词曲中都不罕见。仕途就像曲折高耸的蜀道，每个攀岩者都要惊呼"蜀道之难，难于上青天"。面对不畅的仕途，每个人有各自的态度和选择。陶渊明拒绝为五斗米折腰，坚定地走向南山，每一步都带着远离宦海的果断。披星戴月，荷锄而归，尽管再艰辛，他从未有过妥协。而苏轼遭贬数十年，却从未选择逃离。官职再小，他也不忘为百姓谋福，流离一生仍可悠然自嘲"问汝平生功业，黄州惠州儋州"。

在《柳营曲》中，马谦斋的选择也分外清明。首句"手自搓，剑频磨"，不禁让人想到辛弃疾的"醉里挑灯看剑，梦回吹角连营"。辛弃疾平生以气节自负，以功业自许，一生力主抗战，未料"刚拙自信，年来不为众人所容"，他被弹劾落职，人生数起数落，最终归居田园，过着渔樵江渚的生活。他未曾想到，隐居多年后，年过花甲的自己被朝廷重新起用。此时，辛弃疾已走向垂暮，登临北固亭，他难掩自己年老而无法报国的失望，感慨地写下《永遇乐·京口北固亭怀古》一阕词。马谦斋的这首《柳营曲》虽有与辛词相似的大开大阖、痛快淋漓，却充满抱负无法施展、被埋没于乡野的不甘，少了一分慷慨爱国之气。

马谦斋以《柳营曲》为调的曲子共有四首传世。在首曲《太平即事》中，马谦斋说当时"天下太平无事也"，他"辞却公衙，别了京华"后，过着"庄前栽果木，山下种桑麻"的生活。世人皆知，太平盛世之时，更需要文士治世，而非武将去驱散硝烟。然而，马谦斋被朝廷与梦想放逐，过着辞官归田的日子，这岂不是说元朝不知人善用吗？他的这一心曲，从另外三首曲的题目"怀古""楚汉遗事""叹世"中也可看出。他抚今追昔，无非也是表达对现世污浊的不满。而在第二首《柳营曲·怀古》中，他的悲观和失望更加浓重。

曾窨约，细评薄，将业兵功非小可。生死存活，成败消磨，战策属谁多？破西川平定干戈，下南交威镇山河。守玉关班定远，标铜柱马伏波。那两个，今日待如何？

马谦斋《柳营曲·怀古》

在泛黄的卷帛中，东汉的班超声名赫赫。范晔在《后汉书》中评价他："祭肜、耿秉启匈奴之权，班超、梁慬奋西域之略，卒能成功立名，享受爵位，荐功祖庙，勒勋于后，亦一时之志士也。"其妹班昭曾言："超以一身转侧绝域，晓譬诸国，因其兵众，每有攻战，辄为先登，身被金夷，不避死亡。"班超少有投笔从戎之志，曾以三十六骑平定西域，出征西域三十一年，平定五十多个国家的叛乱。他一生离乡万里，戎马倥偬，然而归国一个多月便因病辞世，让人不禁扼腕而叹。

马援亦是东汉的名将。作为开国功臣，天下一统之后，他虽已年迈，仍然请缨东征西讨，西破羌人，南征交趾，功业非同小可。后来征伐五溪时，他已八十四岁高龄。不久，他身患重病，将自己的一缕英魂永远地留在了沙场上。

过往的英雄在马谦斋的心里，是一个崇敬而伟岸的存在，他渴望自己像他们一样留名青史。然而，现实只允许他仰天喟叹，发出"廉颇老矣，尚能饭否"的痛苦呼号。即使是班超、马援那样的英雄又如何呢？时至今日，二人早已不见了踪影。马谦斋是一介书生，能任他驰骋的天地不是沙场，而是官场。纵然他有一颗"黄沙百战穿金甲，不破楼兰终不还"的决心，有男儿当死于边野、马革裹尸的胸襟和魄力，理想却仍如崖边的瀑布，一跌千丈。现实这处泥潭，总是拘囿着他的内心。

如若说诗是"阳春白雪"，曲高和寡，言的是凌云之志；那么词曲就是"下里巴人"，千人唱万人和，歌的是人生的悲欢离合。从词曲中缓缓流出的喜怒哀乐，或缠绵悱恻，或激昂悲越，写到情深处似放实收，听到结尾处似有还无，总是让人唏嘘不已。马谦斋的曲，豪放中带着抹不去的忧伤，那些难以回避的控诉，无法根除的悒郁，在字里行间静静地流动着。马谦斋在慷慨激昂中小心地收敛着内心的苦楚，典当着自己的欢乐，因而他有辛弃疾的影子，却没有辛弃疾的奔放。

《庄子》曾载，子舆生了一场大病，"曲偻发背"，身体屈曲变形，不忍目视。然而子舆却说："且夫得者，时也，失者，顺也；安时而处顺，哀乐不能入也。"生命的获得，是因为适时；生命的丧失，是因为顺应；安于适时而处之顺应，悲哀和欢乐都不会侵入心房。倘若马谦斋能像子舆一样超脱，将生命中的一切都看得淡然，或许他就不会那样痛苦。然而，世上本没有"如果"，生在一个时代，便只能在这个时代的棋盘上游走，选择特立独行的棋路就是与炎凉世态做抗争，而抗争的结果，自然不得而知。

或许，人生就像一场战争，在疆场厮杀，万般故事，不过哀伤；而退出江湖，避落尘网明月如霜。不管如何，生命都是一场不肯谢幕的演出，在岁月中无声无息地上演着。

柳依依，别凄凄

杨柳依依，不忍别离。"柳"与"留"谐音，因而被古人当作挽留的代言之物。早在《诗经·采薇》中，就有以柳惜别的诗句："昔我往矣，杨柳依依。今我来思，雨雪霏霏。"分别时，折一枝柳条送给远行人，惜别之意不言自明。相传古代长安的灞桥两岸，十里长堤十步一柳，人们在此地送别东去的亲友，都要折柳相送，亦即"年年柳色，灞陵伤别"。因而，"柳"与诗文便结下了不解之缘。

萋萋芳草春云乱，愁在夕阳中。短亭别酒，平湖画舫，垂柳骄骢。
一声啼鸟，一番夜雨，一阵东风。桃花吹尽，佳人何在，门掩残红。

张可久《人月圆》

芳草萋萋，春云缭乱，夕阳西下，暮霭凄迷。景色暗淡，张可久的心情也怅惘无比。短亭画舫，马蹄东风，垂柳别酒，短亭平湖，种种景致都满含别情，丝丝入扣，寸寸沁心。

张可久开篇所用的"萋萋芳草"，灵感来自秦观《八六子》曲中的"恨如芳草，萋萋刬尽还生"。恨之痛最为绵长，就像顽固的春草生在心间，纵被野火焚尽，春来也会再生，因而世人常说"恨贯肌骨"。如此看来，恨竟比爱还要辛苦。

然而，张可久将萋萋芳草写入此曲，并不因恨意，而是因离愁别绪。夕阳之下，过去送别的情景猛然袭上心头：短亭饯行时举杯相送；平湖画舫中含泪诀别；垂柳下，青马载伊而去，一幕幕皆让曲人痛心疾首。倏然，一声鸟鸣打断了曲人的沉思，使他从迷惘中回到了现实。离乱的春夜凄风苦雨，俨然是别离之后作者人生波折的写照。当张可久走遍千山万水，历经人世曲折，今日再回到熟识的旧地时，只见繁花簌簌掉落，不见故人踪迹。

沧海桑田，世事的变幻风云莫测；斯人已去，久远的感慨却仍能引起后人的共鸣。凝视曾经熟悉的旧时风景，唐代崔护"去年今日此门中，人面桃花相映红。人面不知何处去，桃花依旧笑春风"的惆然之感，又被张可久所体会。张可久回想送别时二人折柳相送，饮酒惜别，未料今日各奔前程，不复相见。蓦然回首，灯火阑珊处早已不见佳人的身影，这如何不让人感知生命的萧索与人世的悲凉。

这短短的一曲，景语亦是情语，分离的情致不着痕迹，却如泣如诉，余音袅袅，绕梁不绝。《词征》评论此曲"丰约中度，旋复回环"，与张可久同时代的高栻称赞他"才华压尽香奁句，字字清殊"。这一首曲哀而不伤，的确是散曲中一颗闪亮的珠贝。而柳这一形象的出现，更让它多了几分缠绵委婉的情味。

如若说，柳在张可久《人月圆》的曲子里，只是曲人于离别背景上信手的点染，而在刘庭信的《一枝花·春日送别》中，柳的形象则更摇曳动人。

丝丝杨柳风，点点梨花雨。雨随花瓣落，风逐柳条疏。春事成虚，无奈春归去。春归何太速？试问东君，谁肯与莺花做主？

刘庭信《一枝花·春日送别》

刘庭信原名廷玉，在元代以写闺情曲见长。传闻中他长得高而黑，朋友赠他别号"黑刘五"，许是因他为家中的第五子。然而，称不上英俊的他却生性风流倜傥，在风花雪月中，以词换情，恨不得要在阁楼闺巷中昏睡百年。他笔端流淌的情感，缠绵悱恻，难解难分，凄苦淋漓。其人其词，总是让人生出恍如隔世之感。

杨柳西风，梨花带雨。在细密的雨中，花瓣凄凄凋落；在摧折的逆风中，柳枝的芽端伸向远方。虽有风雨相欺，但离别的两人含情脉脉，没有疾风骤雨的痛，唯有泪眼婆娑。鲜妍美丽的春天就要逝去，为何如此匆匆呢？然而，匆匆的不只有春天，还有即将离去的心上人。如若能把心上人留下，在良辰美景中成就一段赏心乐事，或许才能不负春天，了无遗憾。

　　渴求没有遗憾的主人公，在刘庭信的笔下，化身为一朵"莺花"。这朵莺花在春日与中意人分裂，愁思满腹。刘庭信虽并不英俊，却握有一支多情的妙笔。他的风流之名，在当时远胜于他人。终日在脂粉堆里厮混，女儿的情态和心事他自然了如指掌，故而，他笔下那个请求东君为自己做主的女子，才如此真切可爱。

　　每一寸柳丝皆是情丝，在这万千情丝中缠绕着数不清的故事。唐代文人许尧佐在传奇小说《柳氏传》中记述了一段"章台柳"的逸事：唐天宝年间的秀才韩翃在赴京赶考途中，与李王孙结为好友，并认识了李王孙蓄养的家妓柳氏。柳氏花容月貌，才情过人。多次见面后，韩、柳二人情愫暗生，互相爱慕。李王孙被他们的真情感动，欣然应允二人可以结为连理，并赠资千万助韩翃科考。韩、柳分别时，互以词道衷情，一唱一答，未知愁煞了多少人的心：

　　章台柳，章台柳！往日依依今在否？纵使长条似旧垂，也应攀折他人手。

韩翃

　　杨柳枝，芳菲节。所恨年年赠离别。一叶随风忽报秋，纵使君来岂堪折！

柳氏

　　落花有意流水无情，是一种遗憾，而落花、流水皆有情却被风雨吹散，则是更大的遗憾。韩翃要离开，却担心柳氏如风中摇摆的柳枝，被他人攀折，因而满心惆怅。而后，韩翃高中探花，本应兼得金榜题名、洞房花烛两大乐事，未料安史之乱的洪流将他卷入了战争的旋涡。奋战沙场的生活结束后，韩翃惊诧地发现家中全无柳氏的踪影。原来，柳氏被沙吒掳走，他是朝廷任用的番将，自认平反有功，四处强抢民女，韩翃当日的担忧一语成谶。无奈之下，韩翃向青州勇将许俊诉说了此事，许俊感慨韩翃对柳氏的痴情比金石还要坚固，便助他把柳氏夺回，终使二人在动乱中重逢，接续未尽的情缘。

"黯然销魂者,唯别而已。"江淹的这句话为千古愁情做了最好的注脚。清朝词人纳兰容若生于满族富贵之家,又是皇帝的御前侍卫,文韬武略,无可挑剔。然而世事难全,他的眉间总是泛着刻骨铭心的愁苦。发妻卢氏"生而婉娈,性本端庄",与容若恩爱非常,感情笃深,未料三年后因难产早逝。容若对爱妻的离去,始终无法释怀,直到有一天,他与江南才女沈宛偶然邂逅。沈宛美丽聪慧,更与容若有着一种惺惺相惜的情感,但终究,二人一满一汉的婚姻冲不破世俗的藩篱,这段有始无终的爱情故事成为令人哀悼的千古绝唱。

对于容若来说,每一次倾心,都意味着一次别离。在深夜中,那难以排遣的离愁让他辗转难眠,于是他提笔写下:"凄凉别后两应同,最是不胜清怨月明中",凄别之后,他思念不觉,泪水也便不止,沁湿枕席,也沁湿了心房。思念催人老,藤蔓一般延伸的孤独恍如旷野中的暴雨,让人躲闪不及。

往事就像一幅意境疏淡的山水画,不着粉彩,却情致悠远。忆来何事最磨人,许是刚一相逢便要离别。在最美的时刻二人相遇,却要在情最浓时分离,该是多么令人遗憾的事。因为,"相见不如怀念"在很多时候,不过是离人夜里呢喃的自我安慰。短暂的分袂,或许就是永远的诀别。

卷二　未了情

他们身如浮萍漂流于乱世之中，任风吹雨打。他们在词曲、戏剧当中，孜孜不倦地寻找情感和志向的归宿，对爱情坚贞，对人性忠诚。他们的词曲是生命的忧郁抗体，为自己拆解心灵的围墙。

情难尽，暗销魂

在贾宝玉眼中，女儿是一道别样的风景："女儿是水做的骨肉，男子是泥做的骨肉，我见了女儿便清爽，见了男子便觉浊臭逼人！"自古以来，美丽、聪慧、洁净如水一般的女子从来都是动人的，她们都有着令人难以忘却的风骨。宋代的风尘女子李师师，不仅让风流才子周邦彦深深迷恋，更让当时的皇帝宋徽宗为之倾倒。

元时，同样有一位超凡脱俗、才貌绝佳的女子，她的名字叫珠帘秀。为了博红颜一笑，当时的公子文士赠诗作曲，百般讨好，费尽心机。有名的才士卢挚、关汉卿、胡祗遹、冯子振等，亦都视她为红颜知己。在为珠帘秀的诗集作序时，胡祗遹说："以一女子，众艺兼并……见一时之教养，乐百年之生平。"在胡祗遹的眼中，珠帘秀不仅有绝世才艺，更有不凡的气度。他从王勃的"画栋朝飞南浦云，珠帘暮卷西山雨"中脱出意境，用"一片闲云任卷舒，挂尽朝云暮雨"形容她的一颦一笑，一举手一投足。珠帘秀虽沦落风尘，但始终如一朵四月莲花那般，不沾染半点尘埃，用一生的时间谱写了一折女性传奇。

珠帘秀在当时的梨园戏班子中排行老四，因而大家称她四姐，小辈则称她一声"娘娘"。元朝时，戏剧演出频繁，是百姓闲暇时最为喜爱的娱乐。夏庭芝在《青楼集志》中曾云："内而京师，外而郡邑，皆有所谓勾栏者，辟优萃而隶乐，观者挥金与之。"在瓦舍勾栏的戏剧舞台上，关汉卿、白朴、王实甫等人腕挟风雷、笔底生花的剧作，经过珠帘秀、赛连秀、燕山秀等演员的表演，更加感人肺腑，引人入胜。

当时名噪一时的梨园名角不少，珠帘秀是其中一个，然而她的美却与一般戏苑名伶的美不同，少了一份香艳俗气，添了一份雅致端庄。关汉卿亦忍不住赞叹，上妆登台的朱四姐如琉璃放彩般美艳动人，周围的一切仿佛都在刹那间黯然失色。珠帘秀的美貌究竟让人如何屏息敛气，如今我们已无从得知，但从当时的大才子卢挚对珠帘秀的迷恋难以名状，直到自己去世也不能忘怀中，世人或可知晓一二。

卢挚身为翰林学士，自有不凡的才华，他是当时有名的文士，诗文与刘因、姚燧等人齐名。才子爱佳人，是古已有之的佳话，珠帘秀名声在外，卢挚对她心向往之，便慕名去听她的戏。未料，此番相见，让他们的一生都扯下了说不清的情缘。

对珠帘秀一见倾心的卢挚，频频现身于珠帘秀表演的戏苑之中。在他看来，珠帘秀的音色挑动林梢，连深夜啼鸣的黄莺都要甘拜下风。如果要找一个词来形容珠帘秀的美，则更让他为难。或许，珠帘秀的音容笑貌未必如此超越常人，那毫无理由的爱才是最打动人的。因此，当二人不得不离别的时候，卢挚的一颗心就好像浮在江心的孤舟，无处安放。

才欢悦，早间别，痛煞煞好难割舍。画船儿载将春去也，空留下半江明月。

卢挚《寿阳曲·别珠帘秀》

东风恶，欢情薄。生活本是聚少离多，卢挚任有公职，恐怕不能时时刻刻陪在珠帘秀左右。时值花红草绿、生机盎然的春天，两人的爱恋正到浓时，无奈卢挚要踏上归程，珠帘秀也要赴他乡演出。刚刚聚首就要分别，再会之期难以知晓，卢挚满心忧愁，便含泪写下这首短小的《寿阳曲》。珠帘秀的画船渐渐远去，消失在江海尽头，徒留他对着半江明月，追忆着二人相处的美好时光。

离开的珠帘秀没有料到,卢挚此番是对她动了真情。待她收到卢挚自诉衷肠的这首《寿阳曲》后,每读一遍,她的心都要被割伤一次。痛彻心扉的她,遂提笔写下一首《寿阳曲·答卢疏斋》,以回应卢挚的深情。

山无数,烟万缕,憔悴煞玉堂人物。倚篷窗一身儿活受苦,恨不得随大江东去!

珠帘秀《寿阳曲·答卢疏斋》

"疏斋"是卢挚的号,元人多以"斋"做号,以表示身心整洁。而事实上,卢挚的心哪里能如明月般清净澄明呢?他的思绪早已如一团乱麻,扰得珠帘秀仿佛也丢失了魂魄。

坐在画舫中四处漂泊游艺的珠帘秀,独自凭依着船头的栏杆,看峰峦叠嶂、山野青烟不断从她眼前飘过,黯然销魂。她已过惯了在天涯漂泊的日子,却并不能得一份潇洒。自己身在画船,奈何千里之外还有一个翰林英才为她牵肠挂肚。能得到卢挚的爱怜,她不知是喜是忧。或许,心有所寄是一种幸运,而不能厮守又像一场噩梦。坐在船头,珠帘秀心烦意乱,她看到卢挚说自己身边唯留半江明月,她又何尝不想化为江水,流到他身旁呢?

隔着长江,卢、朱二人的唱和,就像一篇动人的童话。但现实是急管繁弦的悲情曲,令一川江水也苦得发涩。秦观曾说,"两情若是久长时,又岂在朝朝暮暮",殊不知若要让一段感情最终得到归属,最难的即是相伴在每一个晨昏暮晓。都说小别胜新婚,然而有多少爱侣因为短暂的相别而永生不复相见呢?别时难,相见更难,再次见时,情感一如从前则更为不易。

一年之后,珠帘秀回到扬州定居。此时的她,退却了梨园的光华,也凋落了年轻的容颜。戏剧舞台之上,新人辈出,她早已成了明日黄花,鲜有人来问津。她的心还是牵挂卢挚的,但她深知卢挚无法兑现曾经的山盟海誓。正在这时,钱塘的修道士洪舟谷对珠帘秀格外尽心，渐渐地打动了她。此后，她便随他一同到深山中隐居，不问世事。

珠帘秀与洪舟谷是否相敬如宾，举案齐眉，后人鲜有记录。但在关汉卿的行迹中，人们或许可以查得一点踪迹。关汉卿在外漫游数十年，每到一处，便记录下在当地的见闻，有的甚至被他写入剧本。年过八旬，关汉卿终于对漂泊无依的日子生出厌倦，便踏上了回乡之路。途经扬州，仿佛冥冥中自有天定，他再次与珠帘秀相遇。曾经的风流才子已须发尽白，曾经的戏苑名伶也嫁为人妇，二人相见，不禁感慨万千。

听说四姐儿嫁了个洪姓先生，他待你可好？

珠帘秀唯有点头，泪眼低垂，默默不语。

此番相遇后不久，关汉卿就回到了故乡。十年之后，曾经震动梨园的佳人珠帘秀玉殒香消。她的精妙表演，她的文学才华，都随她一道消散在风中，给时人留下刻骨铭心的伤痛。

珠帘秀离世前，洪舟谷曾写给她这样的诗句："二十年前我共伊，只因彼此太痴迷。"或许，洪舟谷一开始就明白，那个占满了珠帘秀心房的，是卢挚而不是他。然而，他还是尝试着去打开她的心扉，与她相伴。情不知所起，但总是一往而深，这是从古至今的痴男怨女都难逃的迷咒。

后人对卢挚多有指摘，认为他负了珠帘秀的一生。年少时，他爱珠帘秀，人尽皆知，地动山摇。但颜色凋零的珠帘秀回到扬州，他却不再相问。也许，卢挚习惯了逢场作戏，认为珠帘秀是梨园中人，只想给她一个朦胧的守望，却没有料到她动了真情。抑或卢挚亦有苦衷，离开珠帘秀只是迫不得已。在卢挚的诸多曲作中，他的哀愁都难以掩饰，"阴，也是错；晴，也是错"，一切事物的存在好像都失去了理由。如今，卢挚的心境我们已无法揣度，但两人有缘于众生中相遇，虽未能执子之手，与子偕老，但曾是彼此的过客，未尝也不是一种缘分。

与卢挚相比，洪舟谷的痴情仿佛更纯粹得多。即使珠帘秀青春不再，他也甘愿守在她身边，并且一守，便是二十多个春秋。珠帘秀到底爱不爱他，或许他至死也并不知晓。但这段感情时至今日仍为众人所称道。

当时只道是寻常，回过头才知晓一切不过是惘然。

芳心动，暗许谁

元英宗至文宗年间（1321—1332），先后有两个饱读诗书的学士在翰林院中供职，一个是阿鲁威，一个是王元鼎。阿鲁威是蒙古人，从小对汉文化耳濡目染，因而能写出行云流水的汉语诗文；王元鼎一般被认为是汉人文学家，亦有人称他是西域人，原名玉王元鼎，因后人笔误才模糊了他的身份。本来，两人并不相熟，但在一个女人的心中，他们却阴差阳错地有了交集。

在历史的长河中，有的人因为武名传世，有的人因为文才长青，而有的人则因一段缠绵悱恻的感情引世人瞩目，阿鲁威和王元鼎即是如此。元代前期，顺时秀、珠帘秀和天然秀被赞为散曲和杂剧演唱的三朵奇花，其中的顺时秀，即当时的名妓郭氏顺卿，便是使阿鲁威和王元鼎产生交集的那个女子。

元杂剧的舞台异彩纷呈，观者甚众。胡祗遹在《赠宋氏序》中说："上则朝廷君臣政治之得失，下则闾里市井父子兄弟夫妇朋友之厚薄，以至医药卜巫释道商贾之人情物性，殊方异域语言之不同，无一物不得其情，不穷其态。"在众多的表演题材中，容颜秀丽、体态娴雅的郭氏最擅长表演闺怨剧。有她迤逦身影的地方，常常座无虚席。

郭氏温柔可人，明净如水，是人见人爱的好女子。阿鲁威对她百般迷恋，一有闲暇便去听她的戏。戏剧散场后，两人也常坐下来，一斟一饮，谈笑言欢。情人的眼里是容不得半粒沙尘的，阿鲁威把郭氏视为自己的红颜知己，偶然间听闻郭氏对翰林才子王元鼎青睐有加，自然忍不住去向她问个究竟。

"郭小姐，我的词和王元鼎相比，谁人写得更好呢？"

不忍直接开口的阿鲁威，选择曲折委婉地试探郭氏的心意。郭氏蕙质兰心，自然知晓阿鲁威的用意，于是哑然一笑，淡淡地道："若要问治国安邦，抚慰百姓，王元鼎自然不比大人；但若要在风月场中，问谁更晓儿女情长，恐怕王元鼎要更胜一筹呢。"阿鲁威听完一怔，旋即哈哈大笑起来。原来，郭氏寥寥数语，既有对阿鲁威的恭维，说他有济世之才，又含蓄地埋怨他不解风情，不懂怜香惜玉，聪敏中含着娇嗔，这一回答可谓绝妙至极。

阿鲁威的前半生在官场混迹，一帆风顺，意气风发。仕途坦荡的他，言辞间未免豪气冲天，唯独对宋玉的诗推崇备至。宋玉是战国时著名的浪漫诗人，其诗沉郁博大，内容厚重而不添烦冗，正是阿鲁威心生向往并甘愿追随的诗风。

在阿鲁威的曲中，常有"断送离愁，江南烟雨，杳杳孤鸿"一般的怅惘之语，充盈着宋玉一般的多愁善感。然而，因生在北方，阿鲁威的词曲不免带有豪放的特质，"水落江空""日暮江东"的豪气，在他离愁难遣的曲作中，仍然不减颜色。因而，一半沉郁一半豪放，使阿鲁威的曲子如"鹤唳高空"，清疏爽朗，让人好似站立于高山之巅。

问人间谁是英雄？有酾酒临江，横槊曹公。紫盖黄旗，多应借得，赤壁东风。更惊起南阳卧龙，便成名八阵图中。鼎足三分，一分西蜀，一分江东。

阿鲁威《蟾宫曲·问人间谁是英雄》

曹操、孙权、诸葛亮，这些在历史上难以避开的人物，同样出现在阿鲁威的曲作中。曲人站在赤壁之顶，睥睨天下，放眼陈迹，洞观千秋。乱世出英雄，不管后人如何评价，在一个烽火狼烟的时代，无论是睿智的卧龙、多情的周郎，还是饱受贬损的曹孟德，都有些身不由己。

窃国者、好战者，这样的名号一直冠在曹操头上。他"挟天子以令诸侯"，或许也有自己的一份苦衷。东汉末年，汉室衰微，群雄称霸，曹操挺身而出结束纷争，责无旁贷。然而，在世人眼中，人唯有好坏两种，曹操的担当和才华自被无情忽略。且不提他东征西战欲要一统山河的勇气，单是他那份"对酒当歌""横槊赋诗"的豪迈，便让后人望尘莫及。

在阿鲁威眼中，曹操就是这样的英雄。岁月匆匆，草船借箭，赤壁大战，那些传奇的故事都已被历史尘封。苏轼重游赤壁，想起当年的周公瑾，"羽扇纶巾，谈笑间，樯橹灰飞烟灭"，百般荣光。而江水无情，时光无情，江水淘尽了千古风流人物，无一人能幸免。苏轼自认与古人一样多情，奈何浮生若梦，永恒不变的只有天上的明月。

就像王羲之在《兰亭集序》中所说，"后之视今，亦犹今之视昔"，面对沧海桑田残缺的历史，人们总不免要有一番凭吊。登临赤壁，阿鲁威一样感慨万千。他虽不像苏轼那般由悄然逝去的古人联想到茕茕孑立的自己，但正是因为他毫无盛衰兴叹之语，才让这首曲充满余味。无论是占据江东称王一方的孙权，还是运筹帷幄决胜千里的诸葛亮，那些在三国时代赫然横空出世的豪杰俱自往矣，独留给后人缅怀。

阿鲁威的曲作跌宕豪放，较少儿女情长。与他相比，王元鼎的曲作则少了几分男子汉大丈夫应有的旷达豪放，多了几许似水柔情。

> 声声啼乳鸦，生叫破韶华。夜深微雨润堤沙，香风万家。画楼洗尽鸳鸯瓦，彩绳半湿秋千架。觉来红日上窗纱，听街头卖杏花。
>
> 王元鼎《醉太平·寒食》

农历三月初，清明节前的那段日子，是传统的寒食节。此时春已过半，刚刚出生的乳鸦最爱在此时放声啼鸣。小鸦的声音打破了凌晨的寂静，仿佛想急切地宣告春天的逝去，迎接即将来临的夏天。一夜春雨后，万物得到滋养，小巷中花香四溢，将人们慵懒的心灵渐次唤醒。楼上的琉璃瓦，经过雨水的洗刷更加晶莹剔透，院中的秋千架半湿半干，在风中微微摇荡，俨然一幅令人着迷的雨后图画。

"小楼一夜听春雨，深巷明朝卖杏花。"王元鼎将陆游的这联名句化用为"觉来红日上窗纱，听街头卖杏花"。在陆游的诗中，沉睡的杏花被春雨在夜里摇醒，翌日随着卖花翁的提篮，清香溢满一街一巷。明末袁宗道曾称赞陆诗"模写事情俱透脱，品题花鸟亦清奇"。的确，在陆游这两句诗中，字里行间满是清新，而这般妙境不过是诗人自己的想象罢了。而在王元鼎的曲中，曲人一觉醒来，天际升起一轮红日，街头叫卖杏花之声是自己真真切切所听到的。夜梦初醒，即听到有人在窗外叫卖杏花，这份轻快明丽不仅让诗人沉醉，亦让读诗之人多了一份明丽的轻松。

王元鼎的曲风迤逦柔美，单从《醉太平》一曲便能看出。莫说才子爱佳人，佳人的心扉也多被博学广才的文士所打开，柳永、秦观、周邦彦等人，亦皆因为可作得五彩文章而屡屡俘获美人芳心。郭氏对才学过人的王元鼎芳心暗许或许没有什么疑问，然而在政坛之上，王元鼎则难敌阿鲁威的作为。阿鲁威有经国治世之才，有心系苍生之怀，焉知这份豪情不能博得郭氏的倾心呢？一颗芳心，难许两人，若要郭氏在阿鲁威和王元鼎之间做抉择，恐怕是一件十分为难的事情。

人总是不完美的，不管古今的风流人物如何的卓尔不群，也总有稍逊风骚的时刻。如若没有阿鲁威的一身肝胆，像王元鼎一般儒雅亦可添许多情趣。郭氏最终芳心谁属，我们终究难以得知。正如"如鱼饮水，冷暖自知"一样，爱与恨的坦率表白，只有自己的心听得见。

铜豌豆，响当当

生在离乱混沌的元代，人们大多随世浮沉。然而，苍茫之中，有一个人卓然独立于尘世，坚持用自己的真性真情去感悟、书写世人纷繁喧扰的生活。此人便是关汉卿。国学大师王国维曾说："关汉卿一空倚傍，自铸伟词，而其言曲尽人情，字字本色，故当为元人第一。"关汉卿一生在文坛的建树，以及对生活的热望，都没有辜负此番评论。

生活一向是丰富多彩的，然而多半人于其中按部就班，庸庸碌碌，真正思考生活并书写生活的人则凤毛麟角。关汉卿生活在1300年前后，晚号已斋叟。他与马致远、王实甫、白朴并称为"元杂剧四大家"，且位列"元曲四大家"之首。这个在历史上连生卒年的记录都没有的人，一生漂无定所，却是文坛的翘楚，如一颗璀璨的烟花，绚烂了整个时代。

【梁州】我是个普天下郎君领袖，盖世界浪子班头。愿朱颜不改常依旧。花中消遣，酒内忘忧。分茶，颠竹；打马，藏阄。通五音六律滑熟。甚闲愁到我心头！伴的是银筝女，银台前、理银筝、笑倚银屏；伴的是玉天仙，携玉手、并玉肩、同登玉楼；伴的是金钗客，歌金缕、捧金樽、满泛金瓯。你道我老也，暂休。占排场风月功名首，更玲珑又剔透。我是个锦阵花营都帅头，曾玩府游州。

【隔尾】子弟每是个茅草冈、沙土窝初生的兔羔儿，乍向围场上走；我是个经笼罩、受索网、苍翎毛老野鸡，踏踏的阵马儿熟。经了些窝弓冷箭蜡枪头，不曾落人后，恰不道人到中年万事休，我怎肯虚度了春秋。

【尾】我是个蒸不烂、煮不熟、捶不匾、炒不爆、响珰珰一粒铜豌豆，恁子弟每谁教你钻入他锄不断、斫不下、解不开、顿不脱、慢腾腾千层锦套头？我玩的是梁园月，饮的是东京酒，赏的是洛阳花，攀的是章台柳。我也会围棋、会蹴踘、会打围、会插科、会歌舞、会吹弹、会咽作、会吟诗、会双陆。你便是落了我牙、歪了我嘴、瘸了我腿、折了我手，天赐与我这几般儿歹症候。尚兀自不肯休。则除是阎王亲自唤，神鬼自来勾。三魂归地府，七魄丧冥幽。天哪，那其间才不向烟花路儿上走。

关汉卿《一枝花·不伏老》

此曲字字珠玑，才情斐然，字里行间都迸发出关汉卿特立独行的灼灼之光。他自称是"普天下郎君领袖，盖世界浪子班头"，看似是吹嘘夸大，实则是自谦自嘲。他风流倜傥，博学多才，无论是吟诗、吹箫、弹琴，还是舞蹈、对弈、打猎，都能拔得头筹。历史上，如他这般的人物除了汉代的东方朔，不知还有谁敢称己为"郎君领袖"。

不管是杂剧还是散曲，关汉卿创作起来都得心应手。但是，他并没有自负才名，自诩清高，而是频频出现于各地的秦楼楚馆，和妓女乐师结交为友。这并不意味着他在风月场、烟花寨中消磨青春，寻觅温存，而是在其中体味生活的残酷，洞察世态的炎凉。那些身份卑微的人，在关汉卿眼中都是不幸的。与他接触过的女子，大都成为他剧作中的主人公和表演者。有时他甚至"面傅粉墨"，与她们一同参加戏曲演出，常常博得满堂喝彩。既能创作又能表演的关汉卿，确实是个名副其实的"梨园领袖"。

《一枝花》数曲，既有诸多典故，又幽默戏谑，如此佳作实属难得。自幼熟读儒家经典的关汉卿，对《尚书》《周易》等典籍的句子可信手拈来，运用自如。在他的套曲《黄钟·侍香金童》中的《神仗儿煞》一支中有"深沉院宇，蟾光皎洁"之语，颇有汉魏古诗的质朴之风。而他长期流连于市井闾里，故而对民间俗众的俚语、三教九流的行话了如指掌。如在他所撰的杂剧《救风尘》中，《油葫芦》一曲有这样的语句："待嫁一个老实的，又怕尽世儿难成对；待嫁一个聪俊的，又怕半路里轻抛弃"，那些杂剧中的普通百姓，皆是关汉卿一生所见所闻与襟怀抱负的寄寓。剧中言语纵然朴素，却尽是关汉卿对生活最深入的认知。

元钟嗣成《录鬼簿》中载，关汉卿户籍属太医院户。他是否真的有过从医经历，最终又因何选择终生与杂剧散曲相伴，如今已成了一个难解的谜题。做一名郎中可俱享盛名，而以写作为业则艰难不易，关汉卿的选择着实令人费解。

作为关汉卿的红颜知己，珠帘秀也曾劝他要仔细谋个前程，莫要一味地玩世不恭。然而生于乱世，关汉卿对世事难道没有珠帘秀看得真切吗？面对珠帘秀的谆谆苦劝，他淡笑不语，只叫珠帘秀拿来纸笔，写下《一枝花》这套曲子，送给珠帘秀，也送给自己。他坚信自己的选择是对的，就算打断他的腿脚、打歪他的嘴角、毁坏他的容貌，也不能改易他的初心。

《红楼梦》第三十二回中有一段，湘云劝贾宝玉要留心些"仕途经济"的大事。贾宝玉悒悒不悦地说这叫"混账话"，并宣称："要是林妹妹也说这些混账话，我早和她生分了。"林黛玉是懂贾宝玉的，因而对贾宝玉终日和姐姐妹妹厮混从不多言。珠帘秀是聪慧的女子，她亦是懂得关汉卿的，因而只小心地将《一枝花》的曲词收藏起来，在背后无声地支持着他。

元末剧作家贾仲明称关汉卿"驱梨园领袖，总编修师首，捻杂剧班头"。不进医门，不求仕进，关汉卿执拗的个性令人敬佩。他喜好自由，又怎肯为条条框框所拘束？自打算做"浪子班头"之日起，他便一门心思扎进市井乡间，一笔一画抒写普通百姓的喜怒哀愁。他笔下的每个人物，都那样真实而鲜活，尤其是那些正直、善良、睿智的女子们，尽管时时受着现实和命运的惨淡捉弄，但她们从未低头敛眉。

关汉卿杂剧《金线池》中的韩辅臣，是一个玉树临风的秀才。游学到同窗好友济南府尹石好问之处时，他与面若桃花、柳眉杏眼的妓女杜蕊娘相识相爱。起初，爱钱如命的鸨母见韩辅臣颇有资财且是石好问的好友，对他十分礼遇。但不久之后，韩辅臣的银钱散尽，石好问又恰巧要远走京城，鸨母便不肯再留他与蕊娘纠缠。韩辅臣一气之下便离开了夜夜笙歌的妓馆，移居他处，而痴心一片的蕊娘却仍对他心心念念，相思不尽。

为了让痴情的蕊娘忘却韩辅臣，狡诈的鸨母罗织谎言，欺骗蕊娘说韩辅臣是个薄幸的男子，另有交好之人。天真的蕊娘轻易地信了她的话，便与韩辅臣心生嫌隙，而同样单纯的韩辅臣却将此误认为是蕊娘变了初心，亦不肯与她碰面。正当一场绝世之恋要灰飞烟灭之时，石好问归来，为二人百般调解，终使不能忘情的二人和好如初，并结为令神仙也要歆羡不已的鸳鸯眷侣。

在男权社会之中，流连妓馆、朝秦暮楚、负心弃情的男子，比舞台上的薄情人、负心汉多出千倍万倍。关汉卿看多了被欺骗被抛弃的女子，因而在自己创作的杂剧中，总是为她们设定一个美好的结局。除却《金线池》，《救风尘》《玉镜台》《谢天香》等剧作亦是如此。关汉卿把他的悲悯情怀熔铸在一部部杂剧中，演绎着每个弱小人物的悲欢离合。那些悲剧时代的弱小者战胜恶势力的故事，给时人与后世带来了莫大的力量。

金亡时，关汉卿还只是个少年；入元之际，他已年过半百。他的前半生，是在动荡不安、硝烟弥漫的环境中度过的。然而，跌宕起伏的生活并没有打倒关汉卿。血与火的交织让他明白，纷繁芜杂的世事无须放在心上，流光易散，唯有把握当下才是最紧要的。

没有一般儒士的消沉颓唐，关汉卿始终用一颗从容的心，过着收放自如的生活。或许他也曾在现实中碰壁，但他天生是一个狂放不羁的浪子，胸襟开阔，开朗通达，因而有"我是个蒸不烂、煮不熟、捶不匾、炒不爆、响珰珰一粒铜豌豆"这样狂傲倔强而又幽默坚定的自我独白。

不能悬壶济世，便以笔做药，疗治世人。一生怜悯着芸芸众生苦难的关汉卿，被后人称为东方的莎士比亚，或许正是他在用灵魂倾听世界的缘故。

怀苍生，忧黎民

当成吉思汗统率的铁骑横扫欧亚大陆，华夏便进入了矛盾纠结的窘境。一则，窝阔台灭金，忽必烈灭宋，江山破碎、百姓疾苦的战乱暂时告一段落；二则，一统天下的元朝奉行民族压迫政策，将国民分为蒙古、色目、汉人、南人四个等级，又让苦难的中原大地蒙受冤屈。《元史·刑法志》载："诸每个人与汉人争，殴汉人，汉人勿还报，许诉于有司。"在元朝，汉人、南人地位卑微，饱受欺凌。朝堂中的军政大权几乎都由蒙古人独揽，因此汉人的仕途屡遭坎坷。

然而，元世祖忽必烈在世之时，谏臣王恽虽非蒙古人，却得到了世族的信任。非但如此，王恽亦是辅佐裕宗皇太子真金和成宗皇帝铁木真的重臣，既是帝王的老师，亦是帝王的朋友。

短短的数十年间，元帝三次更迭，王恽俨然成了国家的元老。然而，他并没有倚仗他的身份作威作福，反而更加好学善文，清贫守职，不敢有丝毫怠慢。王恽刚正不阿，积极豁达的品性，或许正是受了他的老师元好问的影响。

元好问出身于富裕的书香世家，年少时生活优裕，勤学好问，满腹经纶。在金代后期的动乱中，元好问亲身经历了悲怆的亡国之痛，性格中增添了几许慷慨悲凉之气。他"挟幽并之气，高视一世"，用自己的如椽大笔记录着国家的灾难和百姓的离乱，谱写了一首首哀而不悲的诗歌，为天下苍生振臂一呼。王恽承继了师父心怀百姓、心忧黎民的襟怀，出任官职后，从不姑息鱼肉百姓的贪官污吏。

当时，朝廷下派的官员刘氏利用治水导河之便，贪吞官粮数十万石。王恽时任监察御史，在明察暗访中，终于集得刘氏在监修太庙时偷工减料、中饱私囊的罪证，遂上书弹劾他。做贼心虚的刘氏因担忧皇帝降罪，竟抑郁成疾，一命呜呼。

至元二十六年（1289），王恽任少中大夫、福建闽海道提刑按察史。上任后，他体恤民情，为一方百姓的安居乐业不遗余力。他撤去四十余名贪官的职务，推举精通文武、耿直清廉之人担当百姓的父母官，还向朝廷进言，请求选拔良才到沿海地区填补地方的官职空缺。感念王恽苦心的百姓请他吃饭，他看到百姓艰辛准备的一道道山珍海味，竟压抑不住而低声哭泣。百姓困穷至此，他立即向皇帝递交了一封谏书，请求降租减息，不久便得到皇帝的批准。

为民生疾苦殚精竭虑的王恽，一腔正气，威武不屈。因而他的词曲中总有一剑豪气，发出遮蔽不住的光芒。

苍波万顷孤岑矗，是一片水面上天竺。金鳌头满咽三杯，吸尽江山浓绿。

蛟龙虑恐下燃犀，风起浪翻如屋。任夕阳归棹纵横，待偿我平生不足。

王恽《黑漆弩·游金山寺》

金山是江苏镇江的一座小岛，位于长江之畔，金山寺即坐落于此处。登上金山寺，王恽想到的不是白娘子"水漫金山"的儿女情长，而是天地间的一番慷慨悲凉。

立于小山之上，王恽望万顷碧波，看山高水远，想象自己正置身于天竺圣地。登临高处，人的胸襟不由得会变得旷达。遥望江天相连的胜景，王恽没有"一樽还酹江月"，而是独自满饮三杯。他渴望能把辽阔的江山同杯中酒一起吸入自己的肺腑，这样吞吐八荒六合的气势，自然而然地从王恽的心中喷薄而出。

临江远眺后，王恽又回到舟中。黑碣尖翘，洪浪滔天，如同蛟龙在江中不停翻搅。据《晋书·温峤传》记载，温峤到长江西北的采石矶，听闻矶下的水深不可测，有蛟龙作怪，便点燃犀角观察，果然看到了蛟龙形状的怪物。怪物受燃烧犀角的惊吓，翻腾不已，搅起了倾天大浪。眼前沧浪翻腾，王恽不由得想起了这个典故，游兴更盛。

轰鸣的大浪让诸多船只都调转离去，唯独王恽执意乘船逆水而上。其实，人与江上的小舟又有何异呢？面对风浪，不进则退。豁达的王恽选择遇难而上，这份豪情恐怕比波浪还要高出数丈。

不甘向风浪低头的王恽，自然也不肯做一个随波逐流的谏臣。自古以来，谏臣是最难当的。千古谏臣以魏徵为最，宋时能望其项背的恐怕也唯有寇准。元朝政治混沌，有一任铁骨铮铮的诤臣实属不易。伴君如伴虎，谏臣的职责却是指摘皇帝的不足，再加上王恽是汉人身份，若稍有不慎，便会招来杀身之祸。然而，王恽不仅恪守己责积极进言，且能在官场混迹多年后全身而退，不能不说是一个奇迹。

王恽在任时，时常向皇帝上呈奏折，劝谏帝王"礼下庶人，刑上大夫"。《礼记》中曾载："礼不下庶人，刑不上大夫"，清楚明白地写明庶人没有资格受到礼遇，士大夫则有免受刑罚的特权。王恽的谏言无疑是对这一礼法的颠覆，在他心里，王子犯法理当与庶民同罪。在政治并不算开明的元王朝，王恽此举实为大胆。然而，或许是坚持为民进谏的赤诚，或许是不惧生死慷慨上疏的勇毅，使得元朝前期几位较明智的帝王皆被打动。最终，王恽不仅取信于君，而且备受礼待。

久经仕途，在外宦游多年的王恽再次回到了江南。从前，他漫游金山，此番则来到了温婉的江南水乡。柔美的水乡气息，欢快的采菱歌声，让他的心立时变得柔软起来。

采菱人语隔秋烟，波静如横练。入手风光莫流转，共留连。画船一笑春风面。江山信美，终非吾土，问何日是归年？

王恽《平湖乐》

欧阳修曾有诗云："越女采莲秋水畔……照景摘花花似面，芳心只共丝争乱。"采莲女仿佛天然生长于俏丽明媚的江南，让人遇见，让人吟唱，让人怀念。"巧笑倩兮，美目盼兮"的采莲女不仅进入了欧阳修的眼眸，亦被王恽悉心捕捉到。在这首《平湖乐》中，滚滚浪涛不见了踪影，静波水烟让人流连。

烟波在水上升腾，仿若白练一般。朦胧中，采莲女的笑声隐约可闻。她们伸出纤纤素手，采下一株莲蓬，清香立刻沁入了心脾。隔着江雾，王恽或许看不见采莲女们袅娜的身影，而单听得她们的笑声，就能令他如沐春风。

美景佳人，本让人流连忘返，未料王恽却忽然伤感起来。眼前的景致仿佛瞬间都变得模糊起来，万里江山的确壮美，然而山河易主，让他再也找不到身体和心灵的故乡。"萧索更看江叶下，两乡俱是宦游情"，长年羁旅在外的王恽，置身于这般景致中，不禁生出思乡之情。他的乡愁，化作了采莲女手中那小小的莲蓬，离开了自己的根茎，只能孤独地在时光中流转。

王恽自江南宦游回京之后，正逢成宗皇帝铁木真的生辰。他没有像群臣一般争相进献珍奇的珠宝、华美的玉帛，流于俗众，而是将洋洋洒洒的十五篇《守成事鉴》呈在圣上面前。王恽劝诫帝王应爱民如子、勤劳思政，其言谆谆，其情恳切。成宗皇帝念他赤胆忠心，特封他为通议大夫。但思乡情切的王恽并不眷恋高官厚禄，不久便告老还乡，隐退到家乡河南卫辉，安度晚年。

时光匆匆，皇帝再派人去探望这位老臣时，却只看到一条白色的祭绫挂在茅屋之外，随风飘动，王恽的生命之灯已然熄灭。

听闻王恽老死故乡的噩耗，皇帝心痛异常，追赐王恽"清明"二字为谥号。一生不与世俗同流合污的王恽自然是担得起这两个字的，他用数十年的坚持践行了"鞠躬尽瘁，死而后已"这一人生信条。蓦然回首，一个高大的身形，慷慨立于天地之间。

是枭雄，亦凡人

常常有人闯入这样的甜美梦乡：自己于国有功、家室显赫；居于高位、皇帝倚重；府库充盈、妻娇妾美……倘若其中的一项成了真，便足以让一人的日子过得美满无忧。这些对伯颜而言，并不是令人憧憬的美梦，而是真实的生活片段。

伯颜生于西亚蒙古四大帝国之一的伊儿汗国，是蒙古巴邻氏的后裔。他的祖父阿拉黑、祖叔父纳牙阿均是元朝的开国元勋，曾与成吉思汗一同打江山，伯颜的父亲和他本人则臣属于成吉思汗的幼子托雷一族。如此显赫的身世，注定了伯颜一出生就含着金钥匙，人生边上镶了一道抽离不去的金线，亦注定了伯颜一生的不平凡。

一次偶然的机会，伯颜入朝向忽必烈奏事，少年英才、雄伟干练的他，被忽必烈一眼看中。忽必烈料定他才干非凡，日后必成大器，便将其留在左右。自此，伯颜仿佛适时被风送上天的风筝，先后被擢升为中书左丞相、中书右丞相、同知枢密院事，专司伐宋的军政要事，一路平步青云。1273年，他又被忽必烈汗任命为征伐宋军的最高统帅，与另一名将领张弘范各领一路大军攻打南宋。当蒙古铁骑与南宋兵丁短兵相接，一场撼天动地的腥风血雨便不可阻挡。最后，陆秀夫带着宋朝的小皇帝跳海，以伯颜为首的蒙古大军扛起了南伐的胜利之旗。

伐宋顺利的伯颜大踏步地走进临安的南宋皇宫，器宇轩昂。同样难以掩饰胜利喜悦的铁甲兵士跟随在他身后，他们坚实的脚步声在皇宫的每一个角落响动。明月之下，兵士盔甲明晃晃的亮泽仿佛为瓦片染上了一层刚毅的霜色，蒙古人的愉悦之情，早已不能用言语来形容。伯颜亦是豪情万丈，当晚便命属下大摆宴席，决意要与张弘范等诸兵将举杯同庆，一醉方休。

金鱼玉带罗襕扣，皂盖朱幡列五侯。山河判断在俺笔尖头。得意秋，分破帝王忧。

伯颜《喜春来》

酒过三巡，兴致所至，伯颜忍不住对酒高歌，慷慨陈词。伯颜位居中书省丞相，他腰缠玉罗带悬有金鱼配饰，身着一袭紫气东来袍，坐乘一辆黑盖红旗车。一统山河的勇毅和决心，在他笔尖如波涛汹涌的沧海，让人忍不住赞叹。《元史》本传载伯颜"将二十万众伐宋，若将一人，诸帅仰之若神明"。功居开国元勋，正是得意之秋，沉淀在伯颜内心的庄严豪迈不言自明。他谈吐运筹帷幄，行走迅疾如风，生平不为他事，唯为帝王消忧。

张弘范在一旁听得热血上涌，禁不住也随之唱和一曲：

金装宝剑藏龙口，玉带红绒挂虎头。绿杨影里骤骅骝。得意秋，名满凤凰楼。

张弘范《喜春来》

张弘范被伯颜的豪情感染，创作了一曲相同曲牌的小令。曲作开头，他禁不住将自己的衣饰也描摹了一番。金装宝剑，玉带红绒，亦是威武豪迈，分明一派要与伯颜争个高下的势头。的确，在伐宋之争里，张弘范也立下了赫赫战功。在厓山海域，他与宋将张世杰狭路相逢，严峻对峙。张世杰凭恃厓山地处天险，以守代攻，以期夺得主动权。未料张弘范将计就计，封锁了海口，断绝了宋军的水源，将其拖延击败。之后，南方海域被张弘范悉数平定，他在石壁上刻下了"镇国大将军张弘范灭宋于此"数十字，迫不及待地将自己的功绩昭告天下。

伯颜对张弘范曲中之意，自然能揣度出来。正如张弘范对名望的期盼一样，石崖题字之后，他果然声名鹊起，名满"凤凰楼"。凤凰楼是武则天的故乡，"名满凤凰楼"即是名满天下，然而"灭宋于此"的功劳岂能归于张弘范一人？张弘范自矜攻伐，令伯颜对他充满鄙夷，而陆秀夫和宋室的小皇帝一老一小皆被张弘范逼迫致死，这在伯颜看来，亦不能算男子汉大丈夫的作为。

得意之秋，一个愿"分破帝王忧"，时刻不忘自己保疆护国的重任；一个求"名满凤凰楼"，希冀在战局既定之时分得一杯荣华之羹。一个志在山河天下，一个志在名望声势，二人的境界判然相别。

伯颜不仅不爱名利，为了元朝繁盛，他宽阔似海的胸襟也着实令人敬佩。对于宋臣，伯颜不妒不杀，耐心地劝他们投降，以为元朝所用。当元兵俘虏文天祥时，伯颜是蒙古将领中唯一主张保留文天祥性命的人。他力劝文天祥投降，相信有此人相助，定能更快更好地成就蒙古霸业。但一身气节的文天祥岂肯向蒙古人低头？文天祥对伯颜怒言相向，一心为了元朝的伯颜竟毫无愠色。他的胸怀，正如他曲中流露出的气度一般，宽广坦荡。

世人都说文如其人，生在动荡的元朝，文坛一片喑哑沉闷，伯颜的曲却清新明朗，自开一片振奋豪迈之气。他的散曲就如同草原上的风一般自在，在元代厌世隐退唱叹成风的散曲之中，独树一帜。

宋亡之后，伯颜随忽必烈南征北战，协助平定乃颜之乱。乃颜是成吉思汗幼弟铁木哥斡赤斤的玄孙，为元朝蒙古宗王。忽必烈赏赐给他千里封地，允许他建立行省，自治一方。未料，乃颜的野心为常人所不知，他勾结成吉思汗的兄弟哈撒儿、合赤温的子嗣势都儿、胜纳哈儿和哈丹秃鲁乾等人，一同举兵叛乱。

平叛之战，由伯颜和忽必烈的另一名爱将玉昔帖木儿一同指挥。二人指战有方，不久便平定叛乱。皇帝龙颜大悦，慷慨地犒赏二人。两年后，伯颜逐渐升任为知枢密院事。由于江山未定，叛乱时起，伯颜依旧在朝外的战场奔波，而非固守安乐，尊享荣华。然而，树欲静而风不止，不求争名夺利的伯颜，依旧成为善妒之臣的众矢之的。一些朝臣把"将在外，不受君命"的罪名莫须有地安在伯颜身上，向皇帝屡进谗言，终致狐疑的忽必烈横下了心，免去了伯颜的职务。

元世祖辞世之后，铁穆尔即位，他深知伯颜受了诬陷，立即命他官复原职。然而，历尽官场风云的伯颜此时已"廉颇老矣"，一身病痛，鬓如霜雪，再也无力在战场厮杀。第二年，他便病卒家中。

伯颜离世后，皇帝感念他的汗马功劳，追封他为"淮安王"。在元王朝建立的史册上，伯颜无疑留下了浓墨重彩的一笔。淮水是南北水域的分界线，历来为兵家所看重，与长江、黄河、济水并称为"四渎"。以"淮安"二字作为伯颜的谥号，正是帝王对他赫赫功勋的肯定。自古以来，跟随帝王打天下的人，在霸业既成之后，都难免罹患"飞鸟尽，良弓藏；狡兔死，走狗烹"的厄运。伯颜身为"佐命开济功臣"，却一心忠心护国，毫无历代开国功臣畏首畏尾之态。他正如凌寒不凋的松柏，"才兼将相，忠于所事"，最终成就了丰功伟业，留名青史。

能集功、名于一身，于国于家无愧于心，伯颜的一生终究还算得圆满。他被奉为蒙古灭宋的第一人，是蒙古人眼中的英雄，却亦因伐宋而成为宋人的仇敌，在历史上饱受争议。然而，功过是非，都任后人评说，活在历史之中的伯颜，唯有坚持自己的选择。

人生一世，从何处来，复归何处，无论俯仰，最终都将化作一抔黄土，向大地致以最后的敬意。或许，伯颜在弥留之际认为，是非成败都是四散的尘埃，真正值得回味的，正是刚打下宋室江山后，他在盛宴高唱《喜春来》的时刻。打了胜仗班师回朝的伯颜，上朝时军服破败，俯身跪地不求名，唯望安定大元江山。

弃微名，近林泉

君王曾赐琼林宴，三斗始朝天。文章懒入编修院。红锦笺，白芷篇，黄柑传。学会神仙，参透诗禅。厌尘嚣，绝名利，近林泉。天台洞口，地肺山前，学炼丹。同货墨，共谈玄。兴飘然，酒家眠。洞花溪鸟结姻缘，被我瞒他四十年，海天秋月一般圆。

张可久《骂玉郎过感皇恩采茶歌·为酸斋解嘲》

帝王为之设宴，文曲星为之引路，此般生活正如烟火般璀璨。然而在元朝特立独行的奇人贯小云石海涯，却对这样的浮华视如敝屣。他唯愿追随自己的内心，入山林与花鸟同眠，上高山与仙道同路。他不凡的才情和高洁的品性在挚友张可久的回忆中，总是历久弥新，让其在感慨之余又佩服之至。因而，在贯小云石海涯刚刚辞世时，张可久便写下此曲《骂玉郎过感皇恩采茶歌》，以表自己内心深深的哀悼与怀念。

贯小云石海涯又名贯云石，号酸斋，于1286年出生于元大都西北郊高粱河畔的畏吾村。在这个维吾尔族人聚居的村落里，贯云石的祖祖辈辈都是世家望族。他的父亲为武将出身，父辈皆在南方任军政要职，母亲廉氏则是维吾尔族名儒廉希闵的掌上明珠，她的家族同样十分显赫。廉氏的叔父廉希宪曾任元朝宰相，被元世祖尊称为"廉孟子"，家族中文士才子代代频出。

出生于如此显要的大家族里，贯云石从小便得到了很好的教育熏陶。幼年时期，他常随母亲住于廉家的"廉园"之中，一面学武，一面修文。时光荏苒，贯云石很快便长成为翩翩少年，儒者气质和侠骨柔肠同在他的血液中流动。

父亲去世之后，贯云石继承了他的三品爵位——两淮万户达鲁花赤。担任这项官职，贯云石手中便握有兵权，下统近万名将士，管辖十余万百姓。当时，朝中的诸多阁老重臣都对他青睐有加，屡次举荐他担任要职。元英宗甚至特许他为太子玩伴，俨然将他视为辅佐未来君王的重臣。

名利权势好像众人为贯云石编织的花冠，只要他稍稍低头将花冠戴上，便能不费吹灰之力安享尊荣。然而，整顿军纪、秣马厉兵，并不能让他的生活溢满快乐的气息。贯云石厌恶战争和杀戮，但身为军人的他清楚地知道，在兵将的字典里，仕途与和平只能用鲜血来交换。贯云石深谙此理却不愿苟合，便毅然将爵位让给自己的弟弟。他听闻姚燧德才兼备，因而即刻动身进京拜访他，欲要在他的教习下，用文章义理净化自己的心灵。

弃微名去来心快哉，一笑白云外。知音三五人，痛饮何妨碍？醉袍袖舞嫌天地窄。

贯云石《清江引》

陡然放下仕途经济的重担，贯云石顿觉生活开始明丽起来，周围的一切都如浮云般轻松自在。天大地大，他只愿觅得"知音三五人"，与他们痛饮欢唱，舞袍弄袖，如游鱼一般在水中自由地徜徉，不受任何尘俗的羁绊。

人心辽阔，便可容纳万物。在"廉园"居住时，贯云石便与当世才子赵孟頫、程文海等交好。拜入姚燧门下后，他更与诸多文士频繁往来，一同漫游名山大川，谈论诗文，对饮欢歌，甚至连其师姚燧也成了他的好友。姚燧与贯云石亦师亦友，两人辨章学术，对弈品茗。生性严谨的姚燧鲜少夸人，对贯云石这个弟子却从不吝惜赞美之词。在他眼中，贯云石的文章颇有古乐府的风韵，其曲词正如其人一般，玲珑剔透。

元仁宗即位后不久（1313），时年仅有二十七岁的贯云石进入翰林院成为侍读，升为皇帝的直属秘书，陪伴在皇帝左右起草治国方略，亦可协助皇帝制定国家政令。

离开了沙场，贯云石在文官的天地里，正如学会飞翔的雄鹰一般想要在广阔的苍穹一展抱负。仁宗亦对他格外倚重,委任他为维吾尔族第一翰林学士。翰林学士之职,唯有真才实学的人才能被皇帝钦点担任,纵是皇亲国戚也不能随意领受。获此殊荣,贯云石积极参政,不畏直言上谏,颇有前人王恽之风。然而,君臣之间的关系从来都是微妙的。

仁宗之前,元朝并无科举。为了凭借以儒治国的主张辖制民众思想,仁宗决定开放科考。时下正教导太子读书的贯云石闻之欣喜,领会了仁宗之意,遂与担任翰林承旨的好友程文海一同草拟恢复科考的律令,以求广选才士,助国兴旺。未料仁宗表面上同意,却迟迟不肯颁行准许科考的政令,这令贯云石大为失望。同时,恩师姚燧辞官归隐之事在他的心间引起不小的震动,使他离开朝堂的信念愈加如铁石一般坚定。

却不期然,贯云石辞官的奏章还未上呈,弹劾他的奏章早已在皇帝面前缓缓展开。那些奏章出自朝中极力反对恢复科举的官员之手,他们用妖言惑众、愚弄东宫的罪名暗中陷害贯云石,诽谤他欲要左右元王朝的走向。虽然仁宗并没有相信谗言,贯云石的心中却如翻腾的江海,久久不能平静。他不禁慨叹,若说武斗残酷,文斗则更为血腥。沙场上明枪易躲,官场上却是暗箭难防。贯云石闻讯惊恐至极,此前宫廷内的流血事件在他的脑海中一一浮现。

元武宗即位时,曾拥立安西王阿难答为皇帝的铁木儿、阿乎台等人,都被武宗残忍地处死;仁宗即位后,一心排除异己,当年反对他当皇帝的人亦都失去了生命。看遍了官场内腥风血雨的贯云石,更知官场险恶。他回想起自己担任翰林学士期间,曾进"万言书"反对仁宗对"八百媳妇国"和吐蕃用兵,亦因负有教习太子的使命而对其或有不敬之处,因而心下暗忖:若有人欲以此为把柄扳倒他,他便再不能从官场安然脱离,保全性命。

仁宗延祐二年(1315),对官场洞若观火的贯云石避居杭州。他虽身居陋室,却身心闲散,自然恬淡。然而,每至午夜梦回时,当年在朝廷中经历的"恢复科举风波"仍让他心有余悸。

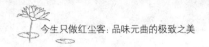
竞功名有如车下坡，惊险谁参破？昨日玉堂臣，今日遭残祸。争如我避风波走在安乐窝。

贯云石《清江引》

这曲《清江引》与上一曲同写于贯云石旅居杭州之际，然而他的心境差别分明。此前，谦让爵位给予兄弟的洒脱与快活全都像朝露般蒸发殆尽，留下的，唯有他内心的凋零：归隐，只为片刻的欢乐安宁。

清人王永彬的《围炉夜话》有言："人皆欲会说话，苏秦乃因会说而杀身；人皆欲多积财，石崇乃因多积财而丧命。"战国时的苏秦凭三寸不烂之舌游说各国，曾挂六国相印，风光非常，最后却遭齐国车裂而死。西晋大臣石崇富甲一方，曾与王恺比攀富贵，最后却在暴乱中惨被杀害。人人都希望自己口才非凡，殊不知苏秦正是因为能言善辩才招来杀身之祸；人人都希望积聚万贯家财，殊不知石崇正是因为财富太多才被人谋害了性命。"水能载舟，亦能覆舟"的道理人人心知肚明，只是被欲望驱使时，人们都忘了它是动力亦是羁绊。

对名利早已完全参破的贯云石，及早从官场退离，避居杭州。在江流襟带，湖光翠秀的人间天堂，贯云石安然地度过了自己的似水年华。他从秀美的山川中汲取营养，使得词曲也如江南般灵秀。在绿野闲云中，贯云石参透了止戈息心、淡泊养性的武修至境，也同样攀上了词曲的高峰。或许，当一个人远眺朱霞、仰观白云、登山岳、观河海时，想到的不是征服而是欣赏，便能看到最美的风景。

卷三　风尘客

　　身隐七情六欲的人，自然被世事的烦恼所叨扰。如何令自己走出迷乱的人生，唯有出入随缘。入则在人世好好地活着，出则到山野中寻找意趣，人生的路总是由自己来走，不必为了追求"得不到"而太匆匆。

且归去，且归去

　　平平坦坦、安安稳稳的一生为大多数人所渴望，然而，苦难却常常光顾并造就一个扑朔迷离的传奇文人。白朴作为"元曲四大家"之一，文名赫赫，而其背后却有一段鲜为人知的悲情人生。

　　白朴的笔底总是有千般波澜，令当时的文人观之都甘拜下风。他的《墙头马上》，满是对美好人世的眷恋，而《唐明皇秋夜梧桐雨》，却满是多情悯世之言，让人猜不透他的内心深处究竟纠缠着怎样的心事。

　　出身于官宦世家的白朴，父亲白华是金宣宗时期的枢密院判，宋灭金时便转而仕宋。之后，蒙古人剽悍的铁骑征服了中原，白华又俯首成为元朝的臣子。古有"忠臣不事二主"之说，在几个王朝的士林中摇摆飘摇，俯身低颜，白华臣节尽丧，为士林所不齿。而入了新朝亦不被朝廷倚重，潦倒不堪的白华渐渐地陷入自怨自艾的深渊。幼年时，终日面对着愁容惨淡的父亲，一切忧思都好似浓重的阴影，投射在白朴敏感的心房。

　　白家世代书香，白朴的仲父白贲年少时便有锦绣诗名在外，其父白华饱读诗书，"挟幽并之气，高视一世"的元好问便是白华的好友。元白两家为世交，常有诗文往来。元好问对聪颖过人的白朴极为喜爱，曾以"元白通家旧，诸郎独汝贤"来勉励他刻苦读书。金亡时，蒙古大军大肆劫掠，汴京城一片离乱。奔走逃亡的人群挤满街巷，白朴姐弟在慌乱中与母亲走散，皆沦落为孤儿，而白朴当时只有七岁。如非元好问及时赶到，搭救白家姐弟于水火之中，恐怕白朴早已殒命在蒙古军队的马蹄之下，而没有日后享誉文坛的盛名了。

救下白朴姐弟二人，元好问便带他们四处奔逃。生活虽然艰辛，但元好问对白家姐弟视如己出，呵护备至。一次，白朴身染瘟疫，眼看七分魂魄已散去了六分，虚弱的身体飘若游丝。总是患难之时才见真情，看着白朴被瘟疫折磨，元好问不顾被传染的危险，紧紧地抱着他数夜未眠。终于，白朴周身发汗病愈，元好问却疲惫地晕厥在地。

幼时与母亲的离散在白朴的心间划了一道难以缝合的伤口，以至于他终生都不能释怀。而元好问给了白朴一段坚实的不求回报的父爱，努力地弥合着他心头的伤痛。白朴对此从不敢忘怀，无论是才学还是品行，都以元好问为标杆。这一切，元好问都看在眼里，自然也对白朴格外用心，不辞辛苦地教导着他。

元太宗九年（1237），十二岁的白朴被元好问送回到父亲白华的身边。同样饱受离乱之苦的白华，见到失散多年的儿女，不禁欣喜若狂，写下"今何日，灯前儿女，飘荡喜生还"的词句。白华没有想到，命运弄人，骨肉离合，一切都如同黄粱一梦。一家团聚后，白朴便随父亲在北方的真定城安居下来，重新体会久违的亲情。

较之从前，相对安定的生活使白朴能更安心地读书，他很快便成为远近闻名的少年才子，被朝廷征用。然而，他从不想戴上官帽，深入官场。汴梁城昔日动乱的场景令白朴难以忘怀，而对元朝的深恶痛绝亦令他难以理解父亲的委曲求全。故而，他一刻都不想在宦海停留，面对满目苍凉的山河，只想拂袖离去。

知荣知辱牢缄口，谁是谁非暗点头。诗书丛里且淹留。闲袖手，贫煞也风流。

白朴《阳春曲·知几》

半生荣辱，是是非非，都清楚地浮现在白朴的心间。金代后期的动乱，亡国去家的惨痛，让父亲和恩师元好问一次次地经历时代和人生的风霜。这一切都让白朴彻底地看透世事，因而在《阳春曲》中过早地流露出看破红尘的绝望。

白朴原名恒，字仁甫，但他自己改名为朴，字太素。父亲望他始终如一、宽仁平顺的愿望在当时动荡的年代下是难以实现的，而白朴深知，万事不过虚妄，自己的人格一定不能为尘世的污浊所玷污，因而他甘愿朴素地坚守自己的内心，哪怕孤独得如一枝不蔓不枝的青莲也在所不惜。官场仿若暗夜一般伸手不见五指，白朴不愿在其中摸索，便毅然选择读书写诗、闲云野鹤的日子。四处游历之时，他偶尔为梨园名角写几部剧本，卖文以求生存。

深入市里坊间，白朴的学问名望更加闻名。当时正值元世祖广纳人才之时，推荐白朴入朝为官的人难以计数。就在此时，元好问的死讯却突然传来，白朴如坠深渊，痛苦至极。世事的无常，让他更加无心于仕途。他深知，若在宦海混迹，他难免遭人诽谤非议，即使能相安一时，能否全身而退也是谜题。因而，白朴继续力避官场，缄口不语，唯在江湖间纵横逍遥，"诗酒乐天真"。

张良辞汉全身计，范蠡归湖远害机。乐山乐水总相宜，君细推，今古几人知。

——白朴《阳春曲·知几》

《易·系辞下》云："子曰：知其神乎，几者，动之微，吉之先见者也。"此曲题为"知几"，意为应该知晓变化的征兆，有先见之明。面对时有波澜的宦海，白朴对仕途的担心不无道理。汉时，张良辅佐刘邦平定天下后，旋即离开朝堂，淡然离去；春秋，范蠡助越王勾践灭吴之后，即刻远离江湖，避免杀机。君王之心如六月天一般捉摸不定，进入朝堂，便是将自己的性命也都托付给了帝王。识时务者为俊杰，趁早隐退，在乐山乐水间徜徉遨游，"绣衣来就论文饮，随意割鸡炊黍"，才是人间正途。然而，兔死狗烹的道理如此浅显，古时今世亦无几人能完全参破。在这样的现状中，白朴不禁感到一种难以抚慰的悲凉。

朝廷屡次征召白朴出仕，都被他一口回绝。而时以河南路宣抚使入中枢的史天泽坚持推荐白朴入朝，白朴依旧没有应允。忤逆了史天泽的举荐之意，让白朴深感不安，他自觉不便在真定久留，便辞别妻子，告别父亲，踏上了浩浩荡荡的漫游之路。从此白朴放浪形骸于外，寄身山水之间。

远离家乡，一想起家中的父亲与妻子儿女，白朴便觉肝肠寸断，欲立即返回家中。然而，正当他踌躇不定时，妻子对他思念成疾，抑郁而亡。他从未想到，十年前的一别竟然就是终生之别。

妻子离世的消息传来，白朴的心上又多了一道伤口。他即刻踏上归途，一路跌跌撞撞，几次昏厥在路上。从前与妻子甜言蜜语、耳鬓厮磨的日子仿佛就在昨日，而一夕之间，便天人永隔。妻子亡故之后，白朴的诗文曲辞中，更加难觅温馨与希望的字眼，所剩的不过都是悲怆。此后，他又从真定逃亡江南，往来于扬州、苏州、杭州之地，飘零在小桥流水人家之间。而这样漫无目的的漂泊，开始之后便又是十年。

身边的人屡遭变故，让本就多情敏感的白朴感到万分痛苦。他本以为，看遍无关情爱的山水风月便可让他的心暂时安定，未料云游四方之后，所见的景象愈加让他怅惘。每到一处地方，目光所及之处，都是蒙古军队洗劫过后的断壁残垣，幼年时的惨痛记忆不觉间又浮上心头，让笼罩在他眉间厚重的阴霾更加难以抚平。

在元代，鄙薄功名、渴求归隐之人并非白朴一个。与他同时的关汉卿、马致远，稍后的贯云石、张可久等，亦有同样的心曲。然而，白朴并非在求仕碰壁后才选择归隐，而是从一开始便甘愿独守清贫。尽管父亲对他怀着"习进士业"的愿望，但他不愿再迈进官场一步，步父亲的后尘。

江山易代，白朴不禁为之悲戚，而更多的是为自己一生颠沛流离的生活伤怀。从"幼经丧乱，仓皇失母"到"放浪形骸，期于失意"，常人祈祷的寿比南山在白朴那里总未显得那样顺遂人意，活到耄耋之年，亲情离散，爱情凋零，与他相伴随的无非是挥之不去的沧桑和失落。因而，他宁愿沉默，去深山采撷忘忧草和含笑花，来企盼来世的潇洒快意。

于是，八十一岁那年，对人世没有一丝眷恋的白朴，择一个吉日便走入了一座深山。他一面唱着忧伤的曲辞，一面走向丛林深处。山雾迷离，一切景物皆不可见，唯有他楚辞般哀伤绵长的曲调在林中传扬。一阵风吹过，连曲子的余音也都不见，唯有风声在林隙间呼啸，仿佛山峦也在哽咽。白朴，便从此消失在人间，再无音讯。

不显达时，笑汲汲营营者太轻浅；该隐退时，道自己多情总是伤离别。显达、退隐，两厢里皆不要，说归去便当真归去的白朴，空留给世间一段悲情。

功名事，了无痕

当忽必烈统率蒙古大军在欧亚大陆驰骋时，或许从未想到，他以生命换来的江山并不能代代相传，绵延不断。在他去世之后，由他一心经营的蒙古帝国旋即倾塌崩溃，一分为钦察汗国、察合台汗国、伊利汗国和中原的元王朝。而元朝的统治亦江河日下，不过经历了短短的一百三十四个春秋。

生活在这个年代的文人，大都如临深渊、如履薄冰，不知该如何平静自己那颗战战兢兢的心，便渐渐地走向两个极端：或者身处红尘玩世不恭，沦落为芸芸众生中的一只蝼蚁；或者极力仿效陶潜、林逋，想要遁入山林寻觅桃源仙境。即使是在宦海浮沉数年的人，亦感到仕途无望，甘心辞官回乡而为一介平民；而姚燧便是这样的一个，在退居之前，他也曾积极仕进，在政坛中留下一道华丽的弧线。

姚燧，字端甫，是元初驰名中原的文士。据传，当时的许多士人为了见他一面，甚至不惜车马劳顿远到千里之外的大都去一睹他的风采。然而，在如此的华彩背后，姚燧却有一段异常悲苦的童年。他还不到三岁，父亲便离世而去，留他"茕茕孑立，形影相吊"。伯父姚枢怜其不幸，便带着孤苦的他到边疆生活，仰仗皇天后土为生。

随着年岁渐增，姚燧的学问也日益精进。诗、文、词、曲无一不通，琴、棋、书、画无一不晓，姚燧迅速成为文坛的一颗耀眼新星。不久之后，他便被举荐为秦王府文学，此后又进入朝廷任翰林学士承旨。

翰林学士承旨位居三品，官阶并不大，但依职责而论，与帝王的秘书无异。才华横溢的姚燧此番入朝，对许多文士而言，已是不可期盼的幸运。然而，在宦海浮游的滋味，唯有亲身经历的人才能深切体悟。

十年书剑长吁，一曲琵琶暗许。月明江上别溢浦，愁听兰舟夜雨。

姚燧《醉高歌·感怀》

元成宗时，姚燧拜官江西行省参知政事，夜巡九江，不免感慨。十年宦海生活，留给自己的只是一声长叹。独步于江岸，他看到暮色渐渐退去，月已悄悄地高挂林梢。烟水迷茫，他于兰舟听雨，千般愁情，万般别绪。若从"一曲琵琶暗许"的典故看，姚燧许是在挂念心上人；而从"月明江上别溢浦"看，又或是他要送别挚友，依依不舍。然而他的心事，后人难以知晓。

"一曲琵琶暗许"，源于白居易的一段故事。最初，白居易在江西为官时，偶然在江上碰到了同在天涯沦落的琵琶女，便为她翻作了一首《琵琶行》，曲中流淌的尽是二人遭际相似的同病相怜之感。而后人马致远创作《青衫泪》一剧时，却为这一段邂逅演绎出一段白居易和琵琶女最终成为夫妇的爱情故事来。姚燧在此化用这个典故，或许真的是在思念一个袅袅婷婷的伊人。但佳人在何方，为何苦离别，竟又是姚燧留给后人猜度之事。

　　若说姚燧在与友人依依话别，亦不无道理。在一个月白风清的夜晚，诗人于江水之上送别友人，高歌感怀，离愁万千。"月明江上别溢浦"，奈何愁情更比江水长。又或者，白朴不是思念意中人，亦非与友人惜别，只不过是在排遣愁情罢了。而让他愁情翻涌的，正是"十年书剑"生涯中那些撇不清的束缚哀伤。

　　在白朴眼中，有才学的文人未必皆要步入仕途。他有一位好友名为雷损之，其人有卓越超俗的治世之才，然而为官三十载，"位止一令"，从未曾从一个小小的县令擢升。雷损之还在县令任上时，姚燧见他处境窘迫，便"激之使委印而去"，劝他辞官归隐。而一年后，雷损之果然效仿陶渊明辞官归家，淡泊地走向了田园，姚燧遂欣喜地为其田宅题名"归来堂"。官场无道，姚燧深感不平，因而竭力将友人从中拉出，用心良苦至此，让人慨叹。

　　姚燧之友仕途之路坎坷，而百姓生活亦苦，日日受着熬煎。纵然姚燧有一颗忧国忧民之心，又奈若何呢？

　　在江南宦游时，姚燧曾路遇一位妇人。那妇人欲将做好的几件御寒衣物差与他人，捎给在前线征战的丈夫，却递出又拿回，反反复复，引人驻足而观。姚燧见她行为古怪，便去探问其中究竟。面对姚燧的询问，妇人经不住落下泪来，哭哭啼啼地说，她欲把自己一针一线缝制的寒衣寄给夫君，却又担心他有寒衣御寒便不思回乡，更久的离别于她只能是折磨；但转念一想，她若不寄寒衣，丈夫便要在风雪交加的边疆受寒，她同样会心如刀割，因而犹豫徘徊，难以决断。妇人如此细腻沉重的情感，姚燧闻之不禁黯然垂泪，一回到寄居的府中，便提笔写下这曲《凭阑人·寄征衣》。

　　　欲寄君衣君不还，不寄君衣君又寒。寄与不寄间，妾身千万难。

　　　　　　　　　　　　　　　　　姚燧《凭阑人·寄征衣》

　　在寄与不寄之间，女人的心灵满是挣扎创伤。时而忧虑"君不还"，时而担心"君又寒"，她每次踌躇，每次反复，对亲人的思念便更多一重。

《元史》称姚燧的文辞"闳肆该洽，豪而不宕，刚而不厉，春容盛大，有西汉风。宋末弊习，为之一变"。宋末轻浮纤弱的文风，在姚燧的诗文曲赋中都不见了踪影。他那简单、质朴、纯粹的语言，总是包含着最真挚最悲愤的血泪。一曲短小的《凭阑人•寄征衣》，虽无华丽辞藻的堆砌，读罢却让人禁不住泪眼蒙眬，独自慨叹：千百年间，最是一个"情"字难解。

姚燧又何尝不为情所困呢？一边是渴望建功立业的豪情，一边是百姓安居乐业的民情，这使他难以抉择。故而，一面望着晦暗的政坛兴叹，一面对着困穷的苍生咨嗟，姚燧在人世间流浪了一个又一个十年。终于，他不再"书剑长吁"，亦不恋"琵琶暗许"，独往一处山高水美之地，寻一处深藏古刹，便可寻到心灵休憩之所。

天风海涛，昔人曾此，酒圣诗豪。我到此闲登眺，日远天高。山接水茫茫渺渺，水连天隐隐迢迢。供吟啸，功名事了，不待老僧招。

姚燧《满庭芳》

这曲《满庭芳》，不哀不伤，亦雄亦健，开篇大有苏东坡"乱石穿空，惊涛拍岸，卷起千堆雪"之势。天高海阔，在酒圣诗豪时常到来的江南胜景之前，姚燧的情致也渐渐高涨起来。登高俯望，山水迢迢，烟波浩渺，他的心胸豁然开朗。他在空无一人的山巅，仰天长笑，认为是非荣辱、功名富贵都不过是在山间缭绕的一缕轻烟。不待老僧来招，自己便会去深山寻访修行的道人。

然而，这样美好的愿景或许只是幻想罢了。姚燧享年七十六岁，七十四岁时却仍在朝廷之命下主持编修《成宗实录》《武宗实录》。是年两书完成之后，他才得以告老而归。姚燧一生历任数职，文名显赫，才能过人，且豪迈耿直，恃才放旷。或许正因为他刚烈不屈、心系苍生，不能为置黎民百姓于不顾的朝臣所容，因而每每任职不久即向皇帝请辞。但君命不得不从，姚燧只能奉命为官，以求兼济天下。为政之暇，他总是徒步漫游，看多娇之江山，书豪放之胸怀，忘怀得失，风流疏宕。

拨开历史的尘雾，或许我们能隐约地看到一个人，他站在静谧幽深的禅院中，静静地看着山高水远，心中了无牵挂。

鹦鹉曲，谪仙人

历代的京城皆是烟柳繁华之地。某年某月某日，元大都最负盛名的酒楼里人声鼎沸。据传，梨园的名角每日在此登台演唱，观众摩肩接踵，熙来攘往。一日，酒楼老板立在门口，笑脸迎着四方宾客，文人冯子振和友人正待入内，忽闻琵琶声早已不知从何处响起，恍若大珠小珠落玉盘般的清脆空灵。那曲子正是当时异常流行的《琵琶曲》。

已在舞台准备就绪的乐师们闻声而动，立刻执起管弦笙箫附和。彼时鼓乐齐鸣，好不热闹。台下的观众立即安静下来，人人敛声屏气，等待"未见其人先闻其声"的佳人现身。

坐在雅座上的冯子振摸摸自己的髭须，低声向身边的友人道："究竟那位歌女伶人是何许人也，引来如此多的人观看？"

朋友笑答冯子振："莫要小瞧了她，即刻便要上场的正是名震京华的歌伎御园秀。白无咎的《琵琶曲》低音处冷涩幽咽，梨园中那么多女子，唯有她能驾驭此调，不可小觑。"冯子振本是来京城办理公事，至酒楼不过是和友人畅叙幽情。未料此番在酒楼中还能得见一个才艺超绝的女子，冯子振不禁对此女充满好奇，亦隐隐觉得或许能不虚此行。

恰在这时，御园秀恍若一朵刚刚沐水而出的芙蓉，怀抱琵琶缓缓走上舞台。几炷熏香于四处点燃之后，伴着琵琶声，她便悠悠地唱起了白无咎的曲子：

侬家鹦鹉洲边住，是个不识字渔父。浪花中一叶扁舟，睡煞江南烟雨。[幺]觉来时满眼青山，抖擞绿蓑归去。算从前错怨天公，甚也有安排我处。

白无咎《鹦鹉曲》

此曲的作者白无咎，本名白贲，是白朴的仲父，无咎乃是他的字。当时，白无咎的《鹦鹉曲》广为传唱，为梨园众家所追捧。此曲曲意浅白，如若用地方声腔演唱，却是难事。其中的"父""甚""我"三字，和乐时声音不易圆满，而御园秀正因能完美地统御此三字的艰涩，而一鸣惊人，成为声动一时的名角。

在这首曲里，主人公自称是"不识字渔夫"，住于武昌城外、鹦鹉洲旁。渔夫漂泊在江心的一叶扁舟之上，伴着江南细密的烟雨沉沉睡去。一觉醒来，青山经过细雨的漂洗，更加翠秀动人。盈盈的绿意映在渔夫眼中，他抖擞绿蓑，即刻划舟归去。归去途中，青山隐隐，绿水悠悠，渔夫的心情更加清新明丽。他心想自己从前总是埋怨天公，怨它一丝一毫都不曾眷顾于自己，如今想来，被放逐在这青山绿水之间，或许才是对他最好的安排。

曲里的淡泊安闲之意，御园秀定是懂得了。如此，她才能将渔人，抑或是白无咎向往山林的感情寓于婉转的歌喉中，从而唱红了一片天地。

一曲罢了，御园秀慢慢起身向观众谢礼。看着台下诸多不懂诗文而只留恋她的美貌、歌声的鄙俗之人，御园秀的笑颜一瞬间便褪去了颜色。神色黯然的她，不禁对台下众人言明了自己的心迹："这支《琵琶曲》，恐怕是千古绝响了。只是它唯有一首单曲，可惜天妒英才，白贲辞世，再没有人能新作几阕精美之词使它成为套曲。"

言者无心，听者有意。在一旁听曲的冯子振本无心于此酒楼流连，听了御园秀之语，却颇感不悦。他仰头饮尽杯中残酒，便命人拿来笔墨，疾书一个时辰有余。或许纸上的墨迹还未干时，冯子振便差人将一叠

纸稿递与御园秀,潇洒离去。接过纸稿的御园秀一页页翻看,篇篇皆是
《鹦鹉曲》,且大多韵脚工整,不输白贲。御园秀细细数过,有四十二篇
之多。

这四十二曲《鹦鹉曲》,或即景生情,或抒怀言志,或纵论古今,或
感时伤世,虽未必曲曲尽是传世佳作,亦非等闲人等便能作得。御园秀
看着一字一句,不禁怔住了。而待她回过神来,冯子振早已不知所踪。
或许,一段美好的缘分就这样与冯子振擦身错过,但这次风波过后,他
的名声不胫而走。

浙东天台有位文人名为陈孚,言出为论,下笔成文,诸般赞誉从不
曾断绝。他落笔从不刻意雕琢,却佳句频出,因而享誉江南。一次,他
偶然得见冯子振四十二首《鹦鹉曲》的抄本,不禁为之震撼,感慨自己
的文章与之比起来,竟相差甚远。此后,他不仅将冯子振的文章供奉
起来,视为神明之作,更不时寻找时机去亲自拜访他。

冯子振究竟是何许人也,竟让当时的才子佳人皆为之倾倒?冯子
振,字海粟,自号怪怪道人,又号瀛州客。苏轼《赤壁赋》云:"寄蜉蝣
于天地,渺沧海之一粟。哀吾生之须臾,羡长江之无穷。"或许,冯父
正是有感于人生正如沧海一粟的渺小,因而希望冯子振振作起来,有
所成就,不负短暂之人生。果然,冯子振不负其望,写诗作曲,样样精
熟,被人赞为"李白在世"。

在他人眼中,冯子振可与李白比肩,亦是冯子振爱饮酒的缘故。
四十二首《鹦鹉曲》,便是他趁着酒兴而作。有一次,冯子振登临居庸
关,关隘的雄险催生了他的无限豪情。居庸关地势险要,自古为兵家
必争之地,明朝时与固关、倒马关和紫荆关并称为"京西四大名关"。
看着居庸关翠峦叠嶂、花木繁茂之景,冯子振豪饮数杯,不禁诗兴大
发,从布囊中拿出笔墨,便写下了洋洋洒洒五千言的《居庸赋》。此文
雄浑浩远,瑰丽恢宏,倘若贾谊、左思在世,亦会由衷赞叹。

策马远游、饮酒赋诗的生活,实是惬意。冯子振在朝任职数年,对
案牍劳形的仕职没有丝毫留恋,便毅然辞官归隐山林。在深山之中,他

与中峰禅师结为好友。有一天，中峰问他何以身负才能而甘于乡野，冯子振仰躺于石椅之上，笑而不语，过了许久，才唱起了多年前所作的一首《鹦鹉曲》。

嵯峨峰顶移家住，是个不唧嘟樵父。烂柯时树老无花，叶叶枝枝风雨。[幺]故人曾唤我归来，却道不如休去。指门前万叠云山，是不费青蚨买处。

冯子振《鹦鹉曲·山亭逸兴》

峰峦如聚的山巅，一个老樵夫背着柴担缓缓走在山麓之中。四周并不是人们想象的如画美景，不过是残败的枯枝，无花的老树，在凄凄的风雨中被摧折了年华。眼看此景，冯子振想起晋朝的王质。相传，王质有一天入山伐樵，适逢两个童子正在溪边的一处大石上对弈，便放下手中的斧头驻足观看。未曾想，二人一局方完，王质本来锐利无比的斧头却变得腐朽不堪。原来，王质打柴误入仙境，仙界一日，人间百年，待他再回到家中时，自己的亲人皆早已亡故。

人生短暂，世人劝老樵夫尽早归于俗世，享受人间的欢乐，而他摆摆手推却。纵然山间尽是枯枝老树，他仍对山林有着万分的眷恋，因而用手指向远方的万叠云山，笑着说，山高水远之处，方是不用银钱便能换得的俊逸闲远。

"青蚨"是钱的代称，本是传说中的一种虫，生于南方，亦名蚁蜗、鱼伯。晋干宝《搜神记》曰："南方有虫，名嫩蝎，一名惻蝎，又名青陈"，说的即是青蚨。传说，青蚨生子、母子分离后无论如何仍会聚于一处，因而将青蚨的母子血涂在钱上，涂母血或子血的钱用出后必会飞回，这正是百姓梦寐以求的。然而，纵然有"青蚨飞去复飞来"的美事，冯子振亦不会对俗世再有半点依恋。

许是冯子振在山野间纵横多年的缘故，他的诗文曲赋虽多即兴之作，却满是横空出世的灵动与超然。对冯子振一直仰慕有加的贯云石

·054·

曾有《寄海粟》一文呈献给他，认为冯子振可与三国的陈登相媲美。陈登博览群书、机敏高爽，正是为曹操所看重的文士，冯子振亦是博闻强记、才华横溢。他下笔万言，曾因一时兴起便挥笔而就梅花诗百首，后被收入《四库全书》。

无奈，冯子振有济世之才却无济世之机，过与世无争的日子才是他真正的祈愿。远离了钩心斗角、互相倾轧的朝堂，纵然是素餐鄙衣，他也甘愿。与猿鹤为伍，与麋鹿为伴，颇有雅趣，又怎会孤寂落寞？或许正因他甘于这份闲散，才使得后人对他的崇敬愈加刻骨铭心。

当休官，林下见

唐时有一位叫司马承祯的人，给自己起别号为"白云"，寓意自己的品性如白云般高洁。他移家迁入长安城南边的终南山中，独自隐居。唐玄宗听闻世上有如此隐士，便立即差人去请他出仕，司马承祯最终委婉谢绝。

见他如此不慕荣利，唐玄宗愈发赏识司马承祯的高洁，遂命人为他搭建了一所较为讲究的房屋令其居住，命他安心地校注《老子》一书。君命难违，司马承祯遂不问他事。他宵衣旰食，夜以继日，辨章学术，考据源流，一字一句地校注。在时人看来，司马承祯校完此书，定能一朝成名，跻身权贵。出人意料的是，当他将《老子》校完呈给皇帝后，并未因此居功求官，而是请皇帝应允他立即回到终南山继续隐居。在归去途中，他与另一名"隐士"卢藏用不期而遇。

卢藏用亦曾在终南山隐居，在朝廷中得与司马承祯相逢，亦是一种机缘。二人相见，寒暄过后，仕途显达的卢藏用便抬臂远远指着终南山说："其中实有无穷的乐趣呀！"原来，卢藏用早年仕途滞塞，便故意隐居于终南山，欲以此法引得世人瞩目。未料，皇帝亦为他所蒙蔽，听闻他颇有才能却归隐深山，便屡次请他出仕做官。卢藏用正是借此遂了心意，官运亨通。卢藏用谈笑中的言外之意，司马承祯自然能够领悟。的确，深山是谋得乌纱帽的"捷径"，卢藏用对此颇为得意，

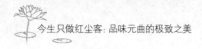

而司马承祯不过淡然一笑。

虽然同出于终南山，司马承祯与卢藏用心境却不可同日而语，一个愿独善其身，一个欲富贵显达。然而，在真实的尘世中，像卢藏用般为"终南捷径"而隐居的人，往往多于那些真正看破世态炎凉的遁世之人。

在古人眼中，无论居庙堂之高，抑或处江湖之远，士人都当胸怀天下，先天下之忧而忧，后天下之乐而乐。那些远隐乡野的人，或许也曾以济苍生的抱负出仕，却无奈功名难得，报国无门，因此选择隐居。而追求"终南捷径"的人以此为鱼饵，妄图钓得世间的一官半职。故而，陶渊明那样的真居士才会如此寂寞。

功名万里忙如燕，斯文一脉微如线。光阴寸隙流如电，风霜两鬓白如练。尽道便休官，林下何曾见？至今寂寞彭泽令。

薛昂夫《寒鸿秋》

苦心追逐功名之人，每日就如同衔泥筑巢的燕子一般忙忙碌碌，将其微弱得如同一脉游丝的斯文也轻易抛掷。日月如梭，疾如电光，光阴从文人的两鬓掠过，刹那间便令其须发尽白。早已白头的读书人总是口口声声说要归隐，然而偌大的山林乡野可曾频见谁的踪影？古往今来，唯有陶渊明是真正的隐士，荷一把长锄，便走向了南山，徒留一身寂寞。

薛昂夫的这曲《塞鸿秋》，寥寥数语便道破"隐逸玄机"，痛快地揭下了那些假隐士的面皮。铿锵有力的音节，声声皆是讽刺。唐代灵澈和尚有诗云："相逢尽道休官去，林下何曾见一人"，亦是数百年前对假道学的鄙弃。众人皆醉我独醒，奈何独醒是寂寞。高洁傲岸的薛昂夫，正如彭泽令一般难觅知音。

据史载，薛昂夫是回鹘（今维吾尔族）人，生卒年不详。他的祖辈皆列士林，薛昂夫自幼耳濡目染亦不例外，年轻时也曾做过一些官职。但久处宦海的薛昂夫实是身不由己，而后便辞官归隐，挥毫泼墨，写诗作曲，尽享田园之乐。薛昂夫并非被官场抛弃，而是他厌倦了官场的尔虞我诈与貌合神离。

在薛昂夫眼中，官场不过是由功名利禄和阴险诡谲堆砌而成的空中楼阁，禁不起尊严和人格的击打。古人言"学而优则仕"，多少士人皆做着"吃得十年寒窗苦，一举成名天下知"的美梦。若此美梦不成，便黯然离去，归于山野；若美梦既成，一心清廉为民的人少之又少，而余下的，皆成了鱼肉乡民的贪官污吏，抑或苟且贪安的庸碌之人。

元人张鸣善曾在《水仙子》一曲中描摹过混迹官场中人的嘴脸："铺眉苫眼早三公，裸袖揎拳享万钟，胡言乱语成时用，大纲来都是哄。"为了讨好上司，这些小人终日左顾右盼、装腔作势，对下属颐指气使、作威作福，对高官则低三下四、曲意逢迎。他们虚伪且狡诈，要么张牙舞爪，要么蛮横无理，言谈之间，尽是胡言乱语，让人难以辨清他们的真实面目。他们看似"学富五车"，头脑却空无一物，不过是在世上闹哄哄来去的普通人罢了。

在仕途中得意的大多是这般欺世盗名之徒，对此，无论是薛昂夫还是张鸣善，都一清二楚。然而，偏偏是蝇营狗苟之人能享受高官厚禄，单纯朴厚之人只能为世所弃。污浊的俗世，不公的命运，总是让人无奈之余又格外落寞。薛昂夫之所以辞官，恐怕亦是不愿在荒谬可笑的宦海中继续沉沦。

捻冰髭，绕孤山枉了费寻思。自逋仙去后无高士。冷落幽姿，道梅花不要诗。

休说推敲字，效杀鹥难似。知他是西施笑我，我笑西施？

薛昂夫《殿前欢》

曲人一面观雪，一面寻觅隐居的高士。虽是白雪皑皑，寒意逼人，薛昂夫此曲却并不凄然，自有一份潇洒爽利。拂去襟袖上的浮雪，薛昂夫深入孤山闲游。倏然间，一片傲雪梅林出现在他眼前，不禁让薛昂夫为梅花凌寒独开的孤傲所震撼。文人们总是交相称赞梅之高格，薛昂夫置身于银装素裹的天地之中，亦不禁想：在这沉默的梅林中，是否还有一位高士，同我一般踏雪寻梅？

为访"高士"，薛昂夫寻寻觅觅，绕遍了孤山，却独独不见高士的影子。薛昂夫在失落间，亦渐渐地释然。确实，自宋人林逋去后，谁人还敢自称是真正的爱梅者呢？

林逋被人称为"梅仙"，他生性孤高自好，不喜名利。据《宋史》载，当时，宋真宗听闻他的声名，便赐给他精粟良帛，并命府县的官吏抚恤他、优待他。林逋虽然感念皇恩，但并不以此自傲。劝他出仕的人数不胜数，而自守一格的林逋从不动心，一一婉言谢绝。林逋曾自谓："然吾志之所适，非室家也，非功名富贵也，只觉青山绿水与我情相宜。"他久寓杭州，"结庐西湖之孤山，二十年足不及城市"，因而世人亦以"孤山"称他，他亦称得上这个别名，像一座巍峨的孤山独立于世，警策那些苟安于世之人。

在薛昂夫看来，后人作梅花诗，即使昼夜推敲，捻断髭须，也难以超越林逋。西施因病常捧心皱眉，益添其美；东施仿效西施捧心皱眉，反添其丑。林逋对自己所植山园小梅的题句："疏影横斜水清浅，暗香浮动月黄昏"，自是绝世佳句。

从宦海浮沉到世外仙居，从辣笔嘲讽到信笔记游，薛昂夫的心境在一点点地转变，文风亦在悄然改变，然而其文始终与其人保持着一致的步调。隐居之后，生活的调子虽然缓慢悠扬了许多，薛昂夫的棱角却不曾因此而被磨平过。后人这般评价他的文字：洁净利落如迸落之珠，矫健迅疾如八骏奔腾。他瑰丽莫测的想象，亦庄亦谐的口吻，皆让后人难以望其项背。然而，"知他是西施笑我，我笑西施"中的无奈与悲悯，又有几人能真正读出？

汲汲营营的一生，是可笑的；苦觅捷径的一生，是可悲的。薛昂夫的一曲《塞鸿秋》，一曲《殿前欢》，正是奉劝众生的警世之言，发人深省。表面的浮华如短暂一现的昙花，一经凋零便化作尘泥。想要做一名真正的隐士，只需一颗淡然从容的心。

归隐去，伴云霞

《周易》曰："遁世无闷。"泱泱华夏五千年，中国的隐士繁多，璀璨犹如一条星河。然而汉代之前，史书对这些归隐之人的记载却很少。班固的《汉书·王贡两龚鲍传》可以算作一篇小小的隐逸传，但并不是为隐士单独立传之文。文中，班固历数历史上的高隐之士，伯夷、叔齐及商山四皓：东园公唐秉、绮里季吴实、夏黄公崔广、角里先生周术等人的名字赫然在列。此后，南朝刘宋范晔所著的《后汉书》中始列《隐逸传》，历朝的隐逸之士便更为世人瞩目。在此传统下，《晋书》《旧唐书》《宋书》《南史》等中皆单列有《隐逸传》，无数隐者的生平、事迹便得以青史流传，为今人所知。

细察这些隐逸者的生平便会发现，欲遁世隐居之人，大多生活波折不断、起伏不定。他们能坚毅地割断俗缘，一心向往与世隔绝的生活，大多出于以下几个原因：一些人干谒无门，求仕无路，便借隐居来谋得"终南捷径"，抬高自己的身价；一些人仕途阻塞，难掩心中的失望，便寻一处山林遁隐，与山水唱和；一些人为官作宦良久，却发现宦海浮沉不定，仕途艰难险恶，欲明哲保身，便脱身而出；而另外一些人，在士林中混迹数年，蓦然回首，才发现其中的欢乐甚为贫瘠，便毅然撒开乌纱帽，到山野中去寻另一番风景。然而，无论人们隐遁出于何因，世人对隐居的憧憬与向往，从不曾减少。

可怜秋，一帘疏雨暗西楼。黄花零落重阳后，减尽风流。对黄花人自羞。花依旧，人比黄花瘦。问花不语，花替人愁。

张养浩《殿前欢·对菊自叹》

·059·

此曲似是张养浩对菊而叹，实为对己而叹。每遇坎坷，世人便喜欢自叹，仿佛仰天长吁，便能将胸中那股悒郁难纾的不平之气畅然呼出。张养浩对菊自叹，或许正是因为菊花不会言语，反能将他的心事埋藏于花房中，化作芬芳幽香之气散出。

西风碎，秋叶飘零。张养浩推窗而望，映入眼帘的仿佛是一场迷梦。难以阻挡的凄风苦雨，让朵朵黄菊都失去了风流。经不住风雨折磨的一些花朵虽然败落，但仍有一些秋菊在枝头盛放，保有自己难以掩盖的风采。菊花尚有此般气节，而张养浩自视，自己早已憔悴不堪。他问菊花，自己何以比它还消瘦，菊花不语，仿佛亦在替他忧愁。花替人愁人更愁，这一腔愁情确是难以排遣。

张养浩并非生来便对隐逸生活心生向往，少年时他以才学闻名天下，十九岁便入朝为官，可谓前程锦绣，鹏程万里，在真正退隐前一直位居要职。然而他并非玩弄权术之臣，有当世难得的清廉与刚正品性，"入焉与天子争是非，出焉与大臣辩可否"，权臣对他心有敬畏，百姓对他心存感念。然而，为官三十载，他倏然发现，自己在"看了些荣枯，经了些成败"之后，一切都显得那样索然无味，淡然失趣。因而，他辞官归家，隐居世外。朝廷六次征召他入朝为官，他都不曾应允。

放下了朝中的担子，张养浩便潜心修弄诗文，对生活的体悟，对命运的感触，皆成为他咏叹的主题。默默开放的一株菊花，就这样成为他顾影自怜的倾听者。他没有料到，菊花遭受风雨的欺凌依然开得明艳；而自己遭遇了一点挫折，便自怨自艾起来，还要对菊诉苦，实是"对黄花人自羞"。

张养浩之所以"对菊自叹"，亦另有一番深意。陶渊明对菊的深爱，为历朝人所共知。尧帝虽是有文可考的最早的隐士，陶潜的隐者之名却更为人所共知。张养浩以菊入曲，亦是在表明自己的心迹，他欲仿效陶公，做一个不问世事的隐居者。往日的宦海风波早已恍若隔世，而"羁鸟恋旧林，池鱼思故渊"的愿景即将成为现实。

唯能对菊而叹，而无知己倾诉，这或许亦是张养浩的落寞之处，颇似北宋周敦颐"菊之爱，陶后鲜有闻"的感慨。周敦颐从小喜爱读书，在家乡颇有名气，人人都说他"志趣高远，博学力行，有古人之风"。他常常和高僧、道人弹琴吟诗，游山玩水，超然物外，淡泊旷达。他广博的学问、儒者的气度亦引来无数追随者，其中最著名的便是程颢、程颐两兄弟。程颐后来回忆其师周敦颐时说，他年少时便因听周敦颐讲道而感悟，厌倦了科举仕途，便以钻研和弘扬儒术为己志。而张养浩亦对官场生出倦意，欲往深山隐逸。

云来山更佳，云去山如画，山因云晦明，云共山高下。倚仗立云沙，回首见山家，野鹿眠山草，山猿戏野花。云霞，我爱山无价。看时行踏，云山也爱咱。

张养浩《雁儿落兼得胜令·退隐》

远离官场的日子，他闲适异常，日日皆去山中漫步。坐看远方，云卷云舒，山色亦随之晦明有别。云雾缭绕，山峦若有似无；山峦高耸，云雾忽高忽低。张养浩撑着木杖，继续向山顶攀爬。愈往上，他看到的景色便愈是令人欣喜。站在云山相依相偎的山巅回望，山下的人家若隐若现。周围野鹿欢跃，山猿戏耍，芳草蔓生，如临瑶池仙境，让人流连忘返。此地正恍若陶潜笔下的桃花源，一切都那么美好，好似从不会有烦恼滋生。在这样怡人的美景中，张养浩不禁敞开胸怀，欣喜至极：我随云霞走，是我喜爱云霞；而回首自己登山的路，云霞亦追随自己至山顶，可见云霞对我自然也是喜爱的。再没有一番对大自然的表白，如此单纯，如此动人。

没有公堂事务的烦扰，张养浩在荷花云锦中，自然是悠然自得。张养浩给自己的隐居庭院，美其名曰：云庄。庄内有一座绰然亭，独立于山间，风姿绰约。在亭的四周，五彩斑斓的花，青翠欲滴的竹，争相展示自己的生机；一潭水，一抹云，相竞比攀自己的倩影。身在此境，张养浩如何不发出"著老夫对着无限景，怎下的又做官去"之叹？

虽处江湖之远，心思不在庙堂，张养浩却始终关怀苍生。天历二年（1329），朝廷以"关中大旱，饥民相食"为由，征召张养浩出任陕西行台中丞，命前往关中赈灾。此时的张养浩虽身染顽疾，于云庄卧病静养，许久未出门庭，但一想到难以计数的灾民正受着无穷无尽的苦难，他便强打精神走马上任。途经潼关，看到峰峦如聚，波涛如怒的古迹，张养浩不禁仰天悲呼："兴，百姓苦；亡，百姓苦。"千年一叹，道尽了万般沉痛。

此次赴任，张养浩与家人一别便是四个月。他与灾民同吃同住，躬身指战，令无数灾民的心得以安定。然而，当灾民渐渐得到安顿，将要重新安居乐业之时，张养浩却因过度疲惫而猝死于灾棚之中。据《元史》载："关中人闻张养浩死讯，哀之如丧父母，痛哭失声，震撼云霄。"若捧出一颗真心予人，便亦能得到回馈的真心，何道人心难测？

云庄外山色依旧，闲云依然，但庄内的人已乘黄鹤而去。绰然亭的花和竹仍欣欣向荣，仿佛在静候主人归来，然而等到山色空蒙、霜落长亭，那一熟悉的身影终是未归。

潦倒人，江湖醉

"人之生斯世也，但知以己死者为鬼，而未知未死者亦鬼也。酒罂饭囊，或醉或梦，块然泥土者，则其人虽生，与已死之鬼何异？此曹固未暇论也。其或稍知义理，口发善言，而于学问之道，甘为自弃，临终之后，漠然无闻，则又不若块然之鬼之愈也。"

此是钟嗣成《录鬼簿》序言之中的一段，在他眼中，世间有着许多醉生梦死、贪恋酒食之人，虽然活着却与已死之人无异；而那些圣贤君臣、忠孝之人，彪炳正史名垂千古，虽然逝去却仿佛永远活着。在此之外，还有一些门第卑微，职位不振却高才博识的人。没有人为他们创作哀悼的乐章，任由其被历史的尘埃所湮没。

这一切，皆让有着悲悯情怀的钟嗣成十分悲痛。故而，他决心"叙其姓名,述其所作",为那些记载人世苦难,为众生鸣不平的"已死未死之鬼"立传,"传其本末,吊以乐章",令他们成为"不死之鬼",永留青史。不知他们确切的生卒年份,亦不知他们曾拜师于谁、受业于谁,钟嗣成便去一一推考探问,将他们的行迹、学问和著述定格在白纸黑字之间。钟嗣成此番苦心孤诣,终令元时的一些文人不至于在历史的长河中销声匿迹。一部《录鬼簿》,熔铸了无数辛酸,成就了众多默默无名的元人,亦成就了钟嗣成的一生。

在《录鬼簿》的序言中,钟嗣成自叹:"余亦鬼也。"的确,他的一生亦是坎坷,并不比他笔下所记述的文人更加幸运,哪怕只多一分。他"累试于有司,命不克遇,从吏则有司不能辟,亦不屑就,故其胸中耿耿者",空怀一腔经世济民的渴望,最终却一无所获。古语有云:"学成文武艺,货与帝王家。"对于寒窗苦读的文人来说,若能以十年艰辛换得一纸喜报,如何不是一件幸事?依照儒家积极入世、以天下为己任之信条,文人读书求个功名本就无可非议。无论是张养浩、马致远、乔吉、白贲,抑或郑光祖、张可久、徐再思,均求过功名,希望能金榜得中,名列魁元,但从未跃入龙门,无奈至极,方才感时伤世。

起初,钟嗣成的胸中亦激荡着鲲鹏之志。少年时,他寄居杭州,在邓文原、曹鉴、刘濩等大儒的教习下受到启蒙,与他一同受业的还有日后极负盛名的戏曲家赵良弼、屈恭之等人。他虽一心欲将自己腹中的经纶化为治世之策,奈何金榜题名的消息总是迟迟不到。此后,钟嗣成虽一度担任江浙行省掾吏,但一直不得升迁。看破官场的钟嗣成颇为落寞,仕途失意的他因而选择抛弃官职,返归家乡,著书立说,传道授业。或许,在不能扶摇直上、亨通显达的文人那里,退守乡间写诗作文,皆是悠然自得的上佳抉择。

相传为贾仲明所作的《录鬼簿续编》中这般说罗贯中:"与余(贾仲明)为忘年交,遭时多故,各天一方,至正甲辰复会。别来又六十余年,竟不知其所终。"贾仲明是罗贯中的同乡,六十年前与罗贯中在路途偶遇，此后竟再不能一见。罗贯中生活于元末明初，彼时社会动乱不堪，胸怀大志的他曾一腔热血参加波澜壮阔的反元起义斗争。然而，在元朝铁骑的威慑下，众人欲救家国于水火却都无力扭转乾坤。明朝建立后，不愿与世苟合的罗贯中，便同钟嗣成一般，坚决地潇然遁世，著书立言。

罗贯中隐世之后，在悠然自得中写出诸多佳作。钟嗣成亦是如此，遁世之后，他并没有因郁郁不得志，空生出几多消沉。相反，抛却了功名之累，他愈加潇洒快意。他宁做一个启发童蒙的私塾先生，也不愿在官场上浑浑噩噩地虚度余生，或许，这正是他作为文人应有的气节。

绕前街后街，进大院深宅。怕有那慈悲好善小裙钗，请乞儿一顿饱斋，与乞儿绣副合欢带，与乞儿换副新铺盖，将乞儿携手上阳台，救贫咱波奶奶！

俺是悲田院下司，俺是刘九儿宗枝。郑元和当日拜为师，传留下莲花落稿子。捌竹杖绕遍莺花市，提灰笔写遍鸳鸯字，打夌槌唱会鹧鸪词。穷不了俺风流敬思。

风流贫最好，村沙富难交。拾灰泥补砌了旧砖窑，开一个教乞儿市学。裹一顶半新不旧乌纱帽，穿一领半长不短黄麻罩，系一条半联不断皂环绦，做一个穷风月训导。

钟嗣成《醉太平》

虽然住的是破旧的砖屋，穿的是半旧麻袍，教的是乞丐贫儿，曲中乞儿也觉得此般生活甚是快乐逍遥。倘若他遇到一个慈悲善良的姑娘，施予一床破被，一顿饱饭，肯执己之手，与己共老，便是人生最美的事。

在这曲《醉太平》中，言笑洒脱的乞儿实是钟嗣成诙谐幽默的自喻。他欲借乞儿之口道出自己的心声，便化身为泼皮小乞丐。曲中言语中或是调笑，或是撒泼，煞是可爱。然而，在荒谬可笑的言谈背后，曲中人乞儿的生活却是元代文人"一无是处"的真实镜像。元时，民间曾流传着"九儒十丐"的说法，意指诸多文人穷尽一生咬文嚼字、读诗作文，却终生不能中举。钟嗣成便是这些文人中的一个，因而《醉太平》的每一字皆是他的心曲。面对无望的仕途，他唯有声声怨怼、自讽自嘲。也正因此，钟嗣成决定用自己的笔墨，将那些埋没于乡野的文人才子尽录于书。

每记录一个人，钟嗣成总要反复推敲雕琢，极力不使他们的境遇受到歪曲，品性受到诽谤。在追寻一个个早已消散之"鬼魂"的过程中，钟嗣成不仅于他人的生命中体悟良多，亦从无数个灵魂中看到自己，关照自己，许诺自己要有一颗闲适安然的心。

平生湖海少知音，几曲宫商大用心。百年光景还争甚？空赢得雪鬓侵，跨仙禽路绕云深。欲挂坟前剑，重听膝上琴，漫携琴载酒相寻。

钟嗣成《凌波仙·吊乔梦符》

每录一"鬼"，钟嗣成多半以一曲或一诗为其悼念，此曲正是为曲人乔吉（字梦符）所作的悼词。此曲"百年光景还争甚"一句，摧人心肝。有的人渴望鸾飞戾天，经纶世务，一生忙忙碌碌，却也逃不过死亡这一终局。钟嗣成对乔吉的吊唁之所以如此沉重，或许正是二人有相似人生经历的缘故。

钟嗣成与乔吉都曾在杭州寄居多年，空有抱负却终是布衣，潦倒混过残生。乔吉一生孤独，难觅知音，最终选择浪迹天涯；钟嗣成青云难驾，前途暗淡，终以教书撰文为业。乔吉曾自称"不应举江湖状元"，以疏解心中的悒郁，然而故作潇洒的背后，却是一颗凄凉无比的心。

乔吉的悲情，钟嗣成都感同身受。因而他将自己自比季子，欲为乔吉"挂坟前剑"。季子是春秋时人，他曾答应赠予徐国国君一把剑，然而徐君早逝，季子为了兑现允诺，便将此把长剑挂在徐君的坟前。钟嗣成视乔吉为徐君，即是将他视为自己的知音。乔吉有八斗之才，被后人奉为圭臬的"凤头、猪肚、豹尾"作曲六字诀，便是出自乔吉之手。他所作之曲如"神鳌鼓浪""波涛汹涌""截断众流"，令钟嗣成钦佩之至。遗憾的是，斯人已逝，钟嗣成唯能在乔吉坟前抱琴而坐，为他唱一曲悼亡吟。

钟嗣成与乔吉的境遇如出一辙，他在悠悠的琴声中悲叹乔吉，何尝不是在悲怜自己？乔吉生前曾言明自己的心志："不占龙头选，不入名贤传。时时酒圣，处处诗禅；烟霞状元，江湖醉仙。"钟嗣成的想法亦是如此，不求在青史中万古流芳，唯求欲饮酒时便饮酒，想观月时便观月。他好似《醉太平》中的泼皮无赖书生，今生唯有做一个清新淡然的美梦，方不负此生。

回首而望，钟嗣成的背影，与《录鬼簿》中诸多曲人的影像，竟渐渐相合。他们仿佛是满怀凄怆、愤世不平的沧海遗珠，不求成为汉简史册中的圣贤，唯愿成为野史笔记中的不死之鬼。至少，他们的人格和气节没有被淹没，依旧鲜活地鼓舞着世人。

卷四　风物情

风物无情人有情，景色是美好还是凄凉，都是人心情时好时坏而折射到事物上的影子。在自然当中，文人尽情和歌，或倾诉衷情，或仰天长叹。风物包容了他们所有的牢骚，给了他们一切所想要的。正是这宽大的赐予，使得他们循着文字，找到了生活的真谛，变得从容。

流浪人，四季歌

春夏秋冬，季节轮转，在不同人的心上留下或悲或喜的印迹。在春的生机、夏的燥热、秋的雅静、冬的肃杀中，光阴一点点掠过。苍老的不是岁月，而是人心。

春山暖日和风，阑干楼阁帘栊，杨柳秋千院中。啼莺舞燕，小桥流水飞红。

云收雨过波添，楼高水冷瓜甜，绿杨阴垂画檐。纱厨藤簟，玉人罗扇轻缣。

孤村落日残霞，轻烟老树寒鸦，一点飞鸿影下。青山绿水，白草红叶黄花。

一声画角谯门，半庭新月黄昏，雪里山前水滨。竹篱茅舍，淡烟衰草孤村。

白朴《天净沙·春夏秋冬》

大地回暖时，春风拂过人面，情致盎然。柳枝摇曳，秋千摆荡，飞红旋落，莺啼燕鸣，桥下绿水流去，春山绿意朦胧。凭栏而望，明媚的春景惹人心醉，激起万般遐思，令人无法安坐于室。白朴以《天净沙》为曲牌创作了八首小令，春夏秋冬各两首，以上便是从其中撷选的四曲。每一曲都如一朵盛放的花，其清幽的馨香抑制不住地四散开去。

北宋词人秦观在《春日》中写道："一夕轻雷落万丝，霁光浮瓦碧参差。有情芍药含春泪，无力蔷薇卧晓枝。"雨后的春景，庭院深深，瓦碧莹莹，薄雾微启，春光始明。一株芍药带雨含泪，数朵蔷薇无力卧枝，处处都莹润着湿凝之气，不禁让人心旌摇荡。白朴笔下的春日晴空万里，秦观的春日则雨丝飘零，两人所摹写的雨景虽有不同，各般心情却皆由雨起。二人的心都充满了愉悦，因而写出的词，无论是雨是晴，春天都是美好的。

白朴幼年饱经离乱，后与父亲重逢。骨肉团聚，加之新婚不久，他心中满是丝丝缕缕的温情。当他怀着这般心情拿起笔来，纸上的春日自然毫无半点惆怅沧桑之感，而充满温馨畅快的意味。盛开在他曲中的春天，反映了他年少得意，而他的夏令，仿佛也沾染了几许春日的欢愉。

在白朴的夏令中，甜蜜同样溢满了整首曲子。云一程，雨一程，云雨既罢，天地变得愈加可爱。江波微微荡漾，楼中水冷瓜甜，绿树阴垂于长廊飞檐，自是一片阴凉。透过薄如蝉翼的窗纱，一个身着罗纱、手执香扇的女子若隐若现，又那般朦胧，美得那样令人心动。

那个晶帘之后的女子，面目不甚清楚，身份亦不明朗，白朴只用"玉人罗扇轻缣"六字，便将她楚楚动人的形象描摹殆尽，令人难以忘怀。在白朴的心中，亦有一个袅娜美好的形象挥之不去，那便是他的发妻。白朴与妻子感情甚笃，妻子的一颦一笑、一举一动，都仿佛是他心头与生俱来的一片印迹，难以消磨。妻子于夏日隔纱乘凉，纨扇团团、言笑晏晏的情景，或许正是白朴一生中见过最美的画面。

然而，为躲避朝廷征召，白朴不得不辞亲远游，亦须与妻子依依话别。秋天，便是他思念家人最甚的日子。

秋令之中，落霞中的村落没有恼人的喧嚣，唯有萧瑟的荒僻。墟烟袅袅，寒鸦老树，一点飞鸿更添人愁。眼前之景，分明是青山绿水，却早已叶红草白，早早地现出了令人难以言说的衰败。在他的曲里，没有万物向荣的蓬勃之气，满是不能归家的遗恨。虽无一字提愁，白朴难遣的惆怅却跃然纸上。"一切景语皆情语"，那缄默无语的字句正是对他心迹最为恰当的表达。

同是写秋，马致远的《秋思》亦被人传颂了数百年，被奉为"秋思之祖"。虬曲的枯藤老树，昏鸦栖枝；萧索的西风古道，瘦马徐行；漂泊的断肠人独自在天涯。这一幕，仿佛一幅褪去了鲜妍色彩的古画，无论谁人睹之，都会悲从中来，痛彻心肝。

若说马致远笔下的秋天是一幅信手勾皴的泼墨写意，白朴描画的秋天则是一纸细腻点染的工笔山水。这幅工笔画远处淡淡凄迷，近处斑驳依稀，自有宁静悠远的意境。朦胧写实的手法为大多元代文人所用，若隐若现的诗境与并不艰涩的诗意相融，正与唐文人的潇洒豪迈、宋文人的缠绵悱恻相别，于深刻中见真谛。

凄迷萧瑟的秋风吹过，落叶纷纷飘落，带走了深秋最后一丝隐约的缠绵。寒冬既来，凛冽的北风便冰封了诸多人隐秘的心事。白朴的心情，仿佛亦在此时，跌入了冰雪覆盖的谷底。他伫立在冬季里，举头望见城门上所挂的号角在凄凄的厉风中微微颤动。号角碰撞到石墙发出的一声哀响，在忧伤孤寂的空气里愈传愈远，令冬日愈加肃杀冷清。黄昏日落，山坡上是皑皑的白雪，凉月漫在整个庭院里，沁凉了人的心脾。雪后的山前，一弯清冷的溪水蜿蜒而过，仿佛人的九曲愁肠。昔日润泽的竹篱茅舍霎时间变得枯黄败落，南飞的鸟儿亦不愿在此栖息。

眼前这一幅衰草连村之景，如何能不让人悲戚？在万籁俱寂、瑟瑟凉薄的暗夜中，身世坎坷的白朴，想起这颠沛流离的一生，不禁黯然销魂。

一代才子，生于动乱之世，长于亡国之时，漂泊于屈曲纠结的年月，时时遭遇人事风波。种种因素，将白朴推向风平浪静、遁离人世的江心。他道家般的遁离，恍若涅槃飞升，一刹便破碎了缥缈的时空。白朴辞官归隐，并非为了求取"终南捷径"，亦不是置苍生黎民而不顾，而是始终充满对现世的同情与对自己的怜惜。

在白朴笔下，无论是敢爱敢恨的李千金，从父休妻的裴少俊，抑或凄楚悲凉的唐明皇，被迫自缢的杨贵妃，甚而独守香闺的思妇、独泊江上的孤翁、惨淡谋生的街头百姓，皆有为命运所左右的不幸之感。这些活在他散曲、杂剧中的人物，亦是白朴自身清晰的投影。他怜悯一切不幸之人，包括他自己。以上四曲《天净沙》，亦是他的自怜之作。

白朴虽有落叶飘零之苦，有魂牵梦萦的痛，却无半分怀才不遇、怅然失意之感，这恰是他超凡脱俗之处。或许正因此，他才能在苦难连番而至的摧残之后，突破蚕茧，振翅而飞，直到飞至一片芳草漫天、碧空如洗的原野，在那里安于自己寻得的道，求得人生的般若。

窗外语，相思泪

春雨似相思，秋雨如泣泪。

雨，飘飘洒洒，绵密不断，总令人莫名地伤怀。古人将雨入诗，入词，入曲，入赋，亦把扯不断、撇不清的悲情无声无息地融进了笔墨之中。《诗经·郑风·风雨》一篇，是有文字记载以来，最早将情感寓于风雨，幻化为凄美文字的诗篇，亦给后人开了以风雨喻哀愁的先例。

"风雨凄凄，鸡鸣喈喈。既见君子，云胡不夷？"窗棂之外，昏暗的天色模糊了天与地的边界，鸡儿不住啼叫，缠绕着每个人的心结。每一次雨打风吹，天地间弥漫的皆是涤荡不尽的凄凉。风雨既至，等待的那个人会不会如期赴约呢？朦胧的雨帘之中，仿佛正有一个憔悴消瘦的女子在隔窗而望，希望在路的尽头瞥见一个熟悉的身影。

天色愈加晦暗，鸡鸣愈加凄厉，女子的心情也愈发凄凉。然而，漫长的猜度与等待之后，她的意中人终是冒雨来了，笼罩在她心头的阴郁，瞬间便一扫而空。有道是"最难风雨故人来"，唯有见到意中人，痴痴等待之人的一颗心才能归于平静。人不至时心生悲戚，人已至时笑逐颜开，仿佛天气阴晴的万般变化倒不似人的心情变化得迅疾。或许，人的情感便是这般难以琢磨。但毋庸置疑的是，雨最容易惹人相思，无论是缠绵悱恻的爱情，抑或是唯恐迟归的亲情。

窗外雨声声不住，枕边泪点点长吁。雨声泪点急相逐。雨声儿添凄惨，泪点儿助长吁，枕边泪倒多如窗外雨。

无名氏《红绣鞋》

千百年来，滚滚东逝的江水淘尽了那些光华璀璨的风流人物，却留下了他们难以胜计的五彩文章，供后人膜拜吊唁。这曲哀婉动人的《红绣鞋》，便出自一个名不见经传的曲人之手。

在此曲中，曲人未用华丽的辞藻矫饰文字，却比知名人士写得更为朴实真切。字里行间，没有落花有意流水无情的遗憾，亦无十年生死相隔苍茫的哀怨，有的只是无计可消除的愁情：窗外，枕边，瓦砾之中，枯叶之上，湿了世界，湿了枕席，还有那一颗因相思而感到十分焦灼的心房。

李清照曾在她的词中如此写道："伤心枕上三更雨，点滴霖霪，点滴霖霪，愁损北人，不惯起来听。"李清照的这一首《添字丑奴儿》，当为她南渡后流寓江浙之时所作。她本与夫君赵明诚情投意合，一同过着吟诗作对、考据金石的闲散日子，未料金兵入据中原，一切的美好皆成了虚幻的泡影。明诚病卒，她流落江南，孤苦过活。深沉的三更夜里，雨打芭蕉的凄绝之声，让她辗转难眠。家庭的破碎，国家的破碎，都让她不住地嗟伤。

李清照由北渡南因雨而愁，元人虞集由南至北的愁情亦缘于雨。虞集《听雨》诗中有言："京国多年情尽改，忽听春雨忆江南。"他在京城仕宦多年，终日受着官务的烦扰，对故乡的思念仿佛不再像当年一般风急雨骤。然而，一阵淅淅沥沥的春雨倏然降落，让虞集对江南春色又生出思恋。原来，他的思乡之情一直郁结在心，只是多年过后，他一时忘却罢了。

虞集厌倦了官场琐事，在一场春雨中又生出了思乡之愁。李清照南下而居，在霏霏淫雨中忆起令人慊怛伤悴的往事，不禁泪流满面，乡愁既起，相思亦生。无名氏亦是深夜卧眠，"枕边雨倒多如窗外雨"，辗转反侧不能成寐。

在一些人看来，雨像毒药，令人愁肠百结，而在文人儒士眼中，它是意蕴深厚最宜入文的意象。一颗雨滴，其身躯那般微小，却仿佛隐藏着一个无穷晶莹的空间，可包蕴世人的诸般情感。曲人张鸣善便有一支妙笔，善于将连绵不断的雨化入自己的文字之中。

元末动乱之时，现实的污浊令张鸣善难以忍受。他曾以"铺眉苫眼早三公，裸袖揎拳享万钟，胡言乱语成时用"之语来讥讽官场中人，一点点揭下那些贪官狡吏的假面，将其谄媚逢迎、颐指气使、虚伪善变的本相揭露得淋漓尽致。

元仁宗延祐年间，元朝的科举一时得以恢复，许多文人的仕进之愿仿佛有望被重新拾起。然而，仁宗重开科举并非想要广纳贤才为国所用，不过欲借儒学之名稳固自己的江山。"三纲五常"在今人看来是一座牢笼，在古人眼中却是一道金科玉律，可令君臣、父子、夫妻的相处秩序井然，令百姓对帝王尊崇有加。故而，朝廷一声令下，由朱熹编定的《四书》便成了科考的要籍。

一些文人刻苦习作死水一般的文章，一些文人极力寻找步入官场的"终南捷径"，这般荒唐迂腐的科考现状令张鸣善颇为不满。故而，他曾出言笑骂世上古怪不纯之学风："先生道'学生琢磨'，学生道'先生絮聒'，馆东道'不识字由他'。"市里坊间，读书人皆以《四书》作为科考的圭臬，先生对学子放任自流，学子对先生不敬不听，办私塾的馆东则唯财是图，毫不理会学生是否得到了启蒙，是否踏入了儒学的正门。

张鸣善的爽直于无形之中得罪了许多人，但一些刚直不阿的人对他赞赏有加。他无非想要一展鸿才，但因仕途不顺，内心充满了生不逢时的痛切与悲愤，便以讽刺来排遣悒郁。张鸣善不是愤世嫉俗、悲观厌世之人，纵然其小令、散曲、套曲不计其数，悲怆之语却寥寥无几。然而，即便是他这般血气男子，在面对绵绵的细雨、和煦的微风之时，亦不得不放下包裹在外的硬甲，哀伤叹惋，仿佛食了断肠草一般。

雨儿飘，风儿扬。风吹回好梦，雨滴损柔肠。风萧萧梧叶中，雨点点芭蕉上。

风雨相留添悲怆，雨和风卷起凄凉。风雨儿怎当？雨风儿定当。风雨儿难当！

张鸣善《普天乐》

风吹雨飘，夜已阑珊，早已成眠的张鸣善却倏然间被凄风冷雨的寒意激起，好梦被摧断，愁肠百转。梧桐叶被风吹得簌簌作响，雨打芭蕉，声声亦是悲切之叹。

在一些人看来，《普天乐》曲中的主人公未必是张鸣善，而是一个与亲人离散，被思念折磨得憔悴不堪的女子。窗外风雨交加，无休无止，为这一晦暗的天地平添了几许怆恻。风雨已来，即便难当，亦须当住。此曲的后半段，仿若一个女子在对雨低言，温软的言语间尽是痴痴缠缠的情思。

整首曲中流淌着的哀思，都仿佛细雨一般沾湿了人的灵魂，悲得令人痛楚，悲得令人寒心。琵琶女给司马青衫奏一曲，"大弦嘈嘈如急雨，小弦切切如私语"，奏出了同是天涯沦落人的忧伤；张鸣善深夜不眠，雨珠点点落在芭蕉上，弹出了幽咽悲戚的感伤。

每个人的心中都有一根柔软的心弦，一旦被触动，心潮便有决堤的危险。张鸣善一生嬉笑怒骂，在凄凄的雨夜中亦难以抵挡销魂蚀骨的寒意。他抱枕拥衾痛哭，泪若雨下。一切的伤痛，皆来自生不逢时的悲哀。兵荒马乱的元末，从未放过这个多愁善感的文人。然而，正如清朝赵翼所说，"国家不幸诗家幸，赋到沧桑句便工"。一生颠沛流离，正成为他写诗作曲活水不断的泉眼。

风雨无情,却能传情。思绪阻塞之时,自然之风雨便自然而然地搅扰着人或怅然或欣喜的情感。杜甫的"晓看红湿处,花重锦官城"是喜,万物萌动,草色泛青;谭用之的"秋风万里芙蓉国,暮雨千家薛荔村"是悲,暮雨哀沉,一片萧索。然而,携愁带恨的雨总是多过蕴喜藏欣的雨,被写入诗中,满是痛苦的情思,与无名氏和张鸣善笔下之雨,想必是同一种味道。

或许,雨应当为自己鸣一声不平,毕竟它并不愿惹人相思,赚人眼泪。然而,它从未意识到,也许自己正是苍天的伤心之作,故意落到凡间来纠缠人心。

佳公子,高士心

元仁宗延祐二年(1315)秋,贯云石离开大都后不久,便开始了独自背着行囊,四处漫游的日子。途经梁山泊时,绿柳垂岸、清荷满池的湖光山色映入他的眼帘,令他心驰神往。自此,他便迷醉在如梦如幻的山水乡野中。

苏辙当年游历此地时,曾在《夜过梁山泊》中写下"更须月出波光净,卧听渔家荡桨歌"之诗,毫不悭吝对梁山泊的赞许。倘若时光能倒流二百多年,贯云石得以与苏辙相见,二人定会举杯畅饮,对梁山泊的美景交相称赞。

与苏辙一样,贯云石叫来一叶小舟,抬步而上,示意渔夫随性摇桨划橹,颇有吴均"从流飘荡,任意东西"一般的潇洒快意。船在水中缓缓而行,拨开两道水纹,江水两岸的景致渐渐出现又渐渐退后。每遇奇景胜景,他便忍不住作起诗文来,或是赋诗,或是唱曲。诗中的深意渔夫若能听得明白,便即兴唱一首渔歌,与他相和。二人一唱一答,颇有知音相遇的意味。

徜徉在青山绿水之间,贯云石的心情仿佛春日一般,明媚清丽。四处观望之时,他偶然看到停留在船篷边的一条衾被。那衾被触摸起来极柔软,覆在身上,恍若披了一抹云霞。他对此充满好奇,便向渔夫探问，始知它的被芯是以芦花之絮做成。贯云石欣喜不已，欲向渔夫买下。岂知渔夫笑着说，若贯云石肯创作一首芦花被诗赠予自己，他便将芦花被回赠予贯云石。

渔夫的话音已落，贯云石却还未回过神来。他先是一怔，旋即微微一笑道："采得芦花不浣尘，绿莎聊复藉为茵。西风刮梦秋无际，夜月生香雪满身。毛骨已随天地老，声名不让古今贫。青绫莫为鸳鸯妒，欸乃声中别有春。"

渔人的自由，渔人的闲适，皆让贯云石向往不已。他在诗中称赞渔人日日采摘芦花的辛勤，亦难掩自己对渔樵江渚生活的喜爱。渔人听后异常欣喜，遂将芦花被赠予了他。自此，以芦花被诗换芦花被的佳话便流传开来。贯云石更为自己另起别号"芦花道人"，他如洁净的芦花一般离开污浊的官场，体悟在天涯间流浪、云淡风轻的滋味。

贯云石行遍了千山万水，看破了世俗人情。从扬州的明月楼到普陀山上的日出峰，每一处都有他的足迹。他一路观山玩水，一路笔耕不辍，在登上巍峨的山巅之时，其文学创作亦达到了巅峰。壮丽的江山赐予他静雅美好的时光，他亦献上沈博绝丽的词曲慰藉多情多娇的江山。

一日，贯云石落脚杭州，被西湖和钱塘山明水秀、波光粼粼的胜景深深吸引，便在此处暂居下来。纵游西湖时，贯云石常邀久居西湖的好友张可久一同前去。面对西湖的碧水青山，玉树琼花，贯云石文思泉涌，于泛舟之际写下了许多曲词，诸如《粉蝶儿·西湖十景》一曲，便是对西湖清朗景致的赞誉。

描不上小扇轻罗，你便是真蓬莱赛他不过。虽然是比不的百二山河，一壁厢嵌平堤，连绿野，端的有亭台百座。暗想东坡，逋仙诗有谁酬和？

[好事近南]漫说凤凰坡，怎比繁华江左。无穷千古，真是个胜迹极多。烟笼雾锁，绕六桥翠障如螺座。青霭霭山抹柔蓝，碧澄澄水泛金。

[石榴花北]我则见采莲人和采莲歌，端的是胜景胜其他。则他那

远峰倒影蘸清波。晴岚翠锁，怪石嵯峨。我则见沙鸥数点湖光破。咿咿哑哑橹声摇过。我则见这女娇羞倚定着雕栏坐，恰便似宝鉴对嫦娥。

　　［料峭东风南］缘何？乐事赏心多，诗朋酒侣吟哦。花浓酒艳，破除万事无过。嬉游玩赏，对清风明月安然坐。任春夏秋月冬天，适兴四时皆可。

　　……

贯云石《粉蝶儿·西湖十景》节选

　　有人说，西湖是一首色彩明丽的诗，一幅淡笔勾勒的画，一个美丽动人的故事。《粉蝶儿》里的西湖，正值阳春三月，莺飞草长，苏白两堤，桃柳夹岸；秋霜月下，掩映三潭，冬雨浩渺，细水楼台。水波潋滟，游船点点，远处山色空蒙，青黛含翠，偶见高塔，如临仙境。

　　游赏于这般如诗如画的美景之中，贯云石与张可久都仿若沉醉于一场缱绻爱恋之中，难以自拔。南宋之时，仕宦游人为表西湖之盛，曾封十处美景为必游之处，其为苏堤春晓、曲院风荷、平湖秋月、断桥残雪、柳浪闻莺、花港观鱼、雷峰夕照、双峰插云、南屏晚钟、三潭印月。十景各有所奇，各有其美，缀合在一起，恰是一幅山水相连、美不胜收的西湖胜景图。

　　为将西湖十景灿烂绚丽的美永远地定格，贯云石特意写下这套《粉蝶儿》曲子。其曲犹如笔底烟花，璧坐玑驰。在曾亲临过蓬莱仙岛的贯云石看来，纵使是蓬莱一般云雾弥漫的仙境，亦难抵西湖之美。《史记》中有云，险要之地一夫当关，万夫莫开，两万人于关隘相守足抵百万人。古人从中取义，便以"百二山河"来形容雄浑的江山胜景。杭州西湖虽不是奇险高绝的关隘，但有"一壁厢嵌平堤""亭台百座"，其壮美亦不输于川蜀雄关。

　　清代学者陆以湉曾在《冷庐杂识》之中称赞："天下西湖三十又六，惟杭州最著。"世间被称作"西湖"的湖泊虽有三十六处之多，却独以杭州西湖的景致为最。数百年来，唯有苏东坡的《饮湖上初晴雨后》与林逋隐逸情趣之诗，可将西湖的风韵描写得淋漓尽致。苏轼将西湖比作淡妆浓抹皆动人的西子，认为它四时昼夜皆是妩媚；"梅妻鹤子"的林逋留恋西湖便于湖边隐居，在渔舟唱晚时与鹤共赏西湖的黄昏。二人对西湖款曲深情的表达，皆让后人难以超越。因而，在套曲的首段末尾，贯云石提到苏轼、林逋二人，并自嘲自己的文辞粗拙，难以超越苏、林，唯有竭力搜罗词句，勉强为当地的佳景作文。

在贯云石眼中，无论万千云山如何奇秀险绝，皆会在西湖面前褪却已有的光华。北方有一处名为凤凰坡之地，亦是风景旖旎之所。然而，在贯云石看来，它的秀丽与江东各处相比，仍要减弱几分。他伫立在西湖之畔，放眼远眺，六桥腾临苏堤之上，近处波光潋滟，莲叶无穷，荷花别样，沙鸥点点飞过；远处水天一色，重峦叠嶂，怪石林立，烟波浩渺迷茫。采莲人轻快地唱着采莲歌，闺中少女乘着船舫，以扇遮面，羞涩地坐在栏杆一旁，赏湖观鸟，娇美至极。

眼前景好、花好、酒好、人好，置身于如此仙境，贯云石如何能不高歌低吟？好友张可久亦端坐于一旁，二人诗酒相伴，实在有说不出的欢乐，多少烦恼都在这清风、明月、澄湖中化作虚无。

若一个人爱一处地方，不仅爱它精致的外形，亦爱它别样的灵魂。西湖，无论是外在的景致，抑或是内在的情韵，都无可挑剔。它的外在源于自然的恩赐，内在则以无数文人骚客的美文雅致灌溉。在如花似锦的风光之中，贯云石忘却了在京都经历的宦海风波，誓愿不再涉入仕途。无论世人对高官厚禄如何趋之若鹜，他都无半点眷恋，只一心牵挂着云淡风轻的江湖。贯云石的好友程文海曾言他为"功名富贵有不足易其乐者"，在贯云石的心中，无足挂齿的功名换不来逍遥的生活与沉静的心灵。

"清风荷叶杯，明月芦花被，乾坤静中心似水。"从换得芦花被、自号"芦花道人"的那一刻起，贯云石的心便若止水一般，与名利场彻底挥手作别。他宁可"月明采石怀李白，日落长沙吊屈原"，也不愿追逐富贵荣华，为尘网所累。他避居杭州，货药诊疾，经营一家医馆以谋生计。闲暇之时，他或入山采药，或赏西湖的风情，颇像在西湖之畔开馆行医的许仙，只是他的身旁并没有一个与他相爱相知的白娘子。

不过，贯云石梦寐以求的不是佳人，而是乐山乐水的畅达。他春至包家山修禅，夏去凤凰山避暑，秋于钱塘观潮，冬与黎民在街头奏曲欢唱。偶尔，他到天目山与远近闻名的中峰禅师说佛论道，下得山来，便随心为路遇的景致赋诗一首。贯云石就这般在杭州城内城外亦隐亦现，"贯酸斋""芦花道人"的种种行迹，便渐渐成了市里坊间的美谈。

明人李开先曾在《词谑》中记载过贯云石居于杭州之时的一段逸事。某日，贯云石与数名文人偕同游览杭州的虎跑泉，此泉位于西南大慈山定慧禅寺内，白练腾空，一泻而下，四周茂林修竹，清幽宜人。众人喝茶间，意欲以"泉"赋诗，聊增雅兴。其中有一人，口里独念着"泉、泉、泉"，数个时辰后也未能吟出一句诗文来。一个持着拐杖的老者经过，便询问他们聚集在此所为何事。众人道出了其中的缘由，老人亦看出那个文人的窘迫，便抚须微笑道："泉、泉、泉，乱迸珍珠个个圆。玉斧斫开顽石髓，金钩搭出老龙涎。"众人为他的才学所撼，惊问他可是与世无争的"贯酸斋"贯先生，老人淡笑点头。旋即，他便与这些文士才俊同坐饮酒，直到微醺才罢樽离去。

贯云石的一生去留无意，不被纸醉金迷所惑，唯愿徜徉于西湖，问道于山水，寻一处诗文圣境，于其中清修。后人将他与徐再思的曲并称"酸甜乐府"（徐再思号甜斋），并言他的曲风"擅一代之长"，可引领当世之风尚。然而，对其文名盛赞的人颇多，却鲜有人能觅得合适的言语来评定他的品德。即便是贯云石晚年的知交欧阳玄，为其撰写墓碑碑文时，能以"武有戡定之策，文有经济之才"之语赞其文武韬略，而对其品性，唯评"其人品之高，岂可浅近量哉"，看似草率，却更彰显贯云石的孤洁傲岸。

一位独立浊世的佳公子，以特立不倚的操守仰望苍天，以守死善道的气节丈量大地。万事万物虽不能恒久，但他从未放弃自己的心，从未放下手中的笔。无论是山明水秀的梁山泊，抑或是如诗如画的西湖，若有幸为其倾心写一首词曲，寄寓自己的浩然之气，在他看来，这便是上苍的恩赐。

鸥鹭侣，渔父心

撑一支长篙，向青草更深处漫溯，在星辉的陪伴下，哼一支悠悠的渔歌。渔父仿佛天然是文人不可缺少的挚友，亦是他们羡慕不来的世外高人。数千年来，数不胜数的墨客文人皆与渔父有着冥冥之中的某种联系。他们以诗歌相互酬答，以各自的境遇相互抚慰。在这些人当中，有从渔父那里获得禅境的柳宗元——渔翁独钓，清寒入定；有从渔翁处获得深邃体悟的阮籍——渔父知世患，乘流泛轻舟；有渴望渔樵江渚的李煜——一壶酒，一竿纶，望如侬对浪花桃李，一春又一春；有与渔父推心置腹的贯云石——毛骨已随天地老，声名不让古今贫。或许，渔人从不知晓自己何以给文人仕宦如此多的感悟，他们真正所做的，不过垂钓江滨，觅求生计而已。

无论何朝何代，渔翁的生活皆不见得是怎样的美好，并无一丝禅意，亦没有什么乐趣，但文人总是歆羡他们的生活，渴望居于江水之滨，与鸥鹭相伴。距离总是会生出一些美，也许千古文人正因难以触及渔父真切的生活，总觉得泛舟江水是一件自由自在的乐事，因而每每于世间碰壁，内心伤痛之时，便希望与渔父为伍，与浮躁的世界诀别。渔父，仿佛是士人试图净化自己心灵的身份。

为咏叹渔父煞费苦心的元代文人，乔吉大抵是第一人。他一生为渔父写了数十余首词曲，在《乐府群玉》中便收录了二十首。其中的每一曲，皆是乔吉在不同时期所作。或许，他每到一处，只要见到渔父于水上摇橹，便忍不住放歌以解情怀。渔家风情的诱人之处，并不在于渔人每日所获多少，而在于醉饮江湖的日子总比于仕途险恶中浮沉要闲逸得多。

吴头楚尾，江山入梦，海鸟忘机。闲来得觉胡伦睡，枕著蓑衣。钓台下风云庆会，纶竿上日月交蚀。知滋味，桃花浪里，春水鳜鱼肥。

活鱼旋打，沽些村酒，问那人家。江山万里天然画，落日烟霞。垂袖舞风生鬓发，扣舷歌声撼渔槎。初更罢，波明浅沙，明月浸芦花。

秋江暮景，胭脂林障，翡翠山屏。几年罢却青云兴，直泛沧溟。卧御榻弯的腿疼，坐羊皮惯得身轻。风初定，丝纶慢整，牵动一潭星。

江声撼枕，一川残月，满目遥岑。白云流水无人禁，胜似山林。钓晚霞寒波濯锦，看秋潮夜海镕金。村醪窨，何人共饮，鸥鹭是知心。

乔吉《满庭芳》四首

每见渔父，乔吉的情愫都会被悄然牵动，以上四首便从他众多的渔父曲中撷取而出。首曲是乔吉途经古代吴楚交界之处（今江西北部）时所作。这一带，与他寄居的江南苏杭之地相距不远。江赣北部的旷远景象，浮于绿水的江鸦鹭鸶，皆令乔吉几乎忘却了自身，诗性豪发。他并不惦念前尘，亦不为将来忧虑，而是将自己完完全全地交给了这片天地。乔吉全然融入这微波荡漾的一江春水，抛却了所有心机，其言"海鸟忘机"实是乔吉"忘机"。

《列子·黄帝》中载有"海鸟忘机"的典故。旧时有一个人，每日都伴着晨辉到海边逗引鸥鸟。或许鸥鸟是通灵的，知他并无捕鸟之意，便纷纷落下与他戏耍。一日，他的父亲知晓了此事，便命他去捕捉鸥鸟以为赏玩。而此人怀着窃捕之心再次来寻鸥鸟时，鸥鸟却仿佛洞穿了他的心机，始终盘桓不落。唯有心无杂念之人，才易收获诚挚的真心。渔父之所以能与鸥鹭交友，与鸥鸟对歌，便是因其毫无功利杀伐之心。若醒着时，渔父便放舟江海，观山戏水；若困倦时，便合着蓑衣于船篷之内安睡。他的心胸坦荡、无忧无虑，又如何不令人心生艳羡呢？

日月交辉、风云际会，时间在不知不觉间流逝，留恋渔家生活的乔吉却毫不觉得自己枉费了光阴。在他眼中，"桃花流水鳜鱼肥"才是真

·080·

正的生活，而过去对官场的留恋不过是枉付青春的噩梦。乔吉命途坎坷、仕途多难，他对现实满腔的愤懑，或许只能化为荡舟打鱼时对明月芦花所唱的渔舟曲了。对悲痛的回避或许比在悲痛中沉溺更易令他接受，故而，此后的每个傍晚，乔吉心潮无法安定之时，都要在江水浩渺的地方寻找渔人的身影。

长河落日，云霞如烟，江山似一幅泼墨的画卷。第二首曲缓缓地拉开了渔父收网之景的帷幕。日薄西山，渔父本应收工，却忽然来了酒兴，便再撒一网，用捕获的鱼卖钱沽酒，自斟自酌。每收一网，渔父便放歌一曲，自在而惬意。劳作既罢，歌亦兴尽，渔父们便陆续划船归家，喧闹的江面恢复了平静，唯有清澄的江水在初升的月下荡开微波。芦蒿遍生两岸，微风拂过，芦花闪动，发出簌簌的声响。人心好像亦被此声安抚过一般，渐渐地归于平静。

芦花没有牡丹开得富贵，没有菊花开得高洁，唯在争奇斗艳的花丛之中，缄默无声地开谢。每首渔父曲中，仿佛都有芦花小小的身影，因为点点白花，正是白鹭沙鸥与虾鸟虫鱼赖以生存之所。贯云石曾说过，在蔓生的白花之中，渔人"虽无刎颈交，却有忘机友"，银钱资财并不是他所求；日日相伴的水上之鸟与人间爵侯皆艳羡不已的自由，才令他心向往之。也许，乔吉以"芦花"为此曲作结，正是他喜爱芦花、崇尚自由的缘故。

秋江迟暮，一抹残阳染醉了山林，近可到青山，远可到沧溟，渔翁们的生活向来是这般逍遥自在。第三曲《满庭芳》中所写无拘无束式的隐逸，便是乔吉心中向往的隐遁之路。他尤以"卧御榻"的严子陵自喻，表示自己正如他一般决绝，一旦离开宦海，便不再频频回头。

严子陵是东汉的高士，王莽篡政时曾力邀他出山做谋士指点江山。严子陵身负气节，自然不肯听窃国者的怂恿与号令，便断然避居乡野。光武帝刘秀复政之后，亦屡次征召严子陵入朝为官，甚而亲自登门拜访，与他同榻而眠，请他出仕，严子陵都未曾应允。看透了官场相互倾轧的残酷，严子陵迅疾地抽身归去，在富春山下隐居，终年披着羊裘于江边垂钓，不问世事。

卧于御榻之上，或许无人可以安睡，因为伴君如伴虎，醒来时未知是福是祸；身披自己的衣袄入眠，即使它破败不堪，醒来时也觉欢悦。北宋范仲淹《严先生祠堂记》云："云山苍苍，江水泱泱。先生之风，山高水长。"乔吉深知，名利不过是俗世的负累，像严子陵一般能将名利置之度外才是智慧之人。念及此，他又重归现实，提笔写下第四首渔父曲。

纵览四下明媚的风景，再俯首而望眼前奔流不息的江水，乔吉的内心已豁然开朗。因而，他卧舟水上，听一浪更逐一浪，观秋潮时涨时停，看晚霞浸红江水，寒波浮动樯影。如此良辰美景，又何须邀人共饮呢？纵然孑然一身，亦可将鸥鹭引为知音，对川水残月而酌。

这四首专写渔父的曲子，从白日写到午夜，交杂着酷暑寒冬，勾连着悲欢离合，交织着种种滋味，从首字至末字，皆是乔吉如泣如诉的自白。他不断地提醒自己，人世并无可恋之处，亦不必留恋，唯有像渔人一般远离市井，相忘江湖，才能开怀畅饮，笑语欢歌。然而，若为一介渔夫，便没有创痛吗？驾一叶扁舟于江海之上，风霜雨雪亦不能相避。

《华严经》有言："一切众生，皆具如来智慧德相，但因妄想执着，不能证得。"抛却执着的妄念，才能唤醒智慧。乔吉自诉不愿为名利而活，却难忘自己仕途失意的遭遇，故而他只能做一个于尘世中自我慰藉的可怜人，独自饱尝若隐若现的苦痛。

寻梅影，慰寂寥

踏雪寻梅，历来是古代高士惯做的雅事，亦是中国文人独有的情趣。冰天雪地之中盛开的寒梅，有着冬日中独芳的特性，因而常被文士采入诗文之中，为其文字添几分别样的韵致。殷商时代之人以梅子入酒，视其为必不可少的佐食。及至南北朝，凛立于冬的梅花已成不可不观的胜景，很多人因一生未能观梅而颇以为憾。自然，与梅相关的传说更如恒河沙数。

相传，隋代有一男子名为赵师雄，游历浮罗山时夜宿山中，梦见一位衣着朴素的女子飘然而至，与自己一同饮酒言笑。女子身上芳气袭人，其后还跟有一绿衣童子，不时地笑歌戏舞。当黎明的曙光划过天际，赵师雄于梦中惊醒，却发现自己睡在一棵梅树下，树上有翠鸟鸣啼，他心中暗道：或许那女子恰是梅仙，而那绿衣小童便是枝头的翠鸟。心存遗憾的赵师雄期待与梅仙再相逢于梦中，便在浮罗山中等待，未料数日已过却再未梦见梅花仙子，最终只能带着满腹惆怅离开，独自回味梅花的一袭香气。

这个动人的故事，或许是一个心怀浪漫情愫之人信手编缀而成的。梅花若隐若现的香气，高洁不屈的气节，的确容易触人遐思，否则，便也不会有那么多的名士对其追寻不止。

梅花冰肌玉骨，傲雪凌霜，独步早春，暗香浮动。唐李白、杜甫、柳宗元、白居易均爱梅的风骨，屡屡撰文称许它的高洁。宋代的隐逸诗人林逋更以梅为妻，"疏影横斜水清浅，暗香浮动月黄昏"两句，被后人奉为咏梅绝唱。世人每次读之，仿佛皆能嗅到于纸上传出的幽幽梅香。其后的苏轼、陆游亦不吝文辞，写下诸多称颂梅花的诗文，令梅的倩影永远在字里行间随风摇曳。元人多于离难之中苦苦地挣扎，鲜有人能静下心来欣赏梅花的美，但每次立于梅树下，仍旧抑制不住地捧出自己的爱怜之意，为其创作一首诗，吟唱一首曲。其中，以"酸甜乐府"二人所创作的词曲为最，他们敏感多愁的心思、苦乐参半的情怀，均令后人慨叹。

"酸甜乐府"，即是元代的文人贯云石和徐再思，二人一号酸斋、一号甜斋。他们善于编织男女相恋的故事，常将人生的百种况味融于其中，令人于繁复斑斓的传奇故事中酸甜莫辨。此二人皆乐山逸水，与梅定情。不过，一个是在无意间与梅邂逅，一个则是望梅心动，苦恋不止。

南枝夜来先破蕊，泄露春消息。偏宜雪月交，不惹蜂蝶戏。有时节暗香来梦里。

芳心对人娇欲说，不忍轻轻折。溪桥淡淡烟，茅舍澄澄月。包藏几多春意也。

贯云石《清江引》

酸斋咏梅的小令共有四首，皆以《清江引》为曲牌，此是其一、其三。他挥毫写下首曲之时，正是冬雪还未消融的早春，梅花于暗夜之中悄然绽放，无意间便走漏了春来的消息。它好似要报春，却不像桃、李、杏、樱一般喧闹地争夺报春之名，亦不招引一蜂一蝶来相嬉戏，而是在万籁俱寂的夜晚，将它丝丝缕缕的幽香，送入人的酣梦之中。梅在月下幽静孤高，不流俗，无媚骨，正如贯酸斋本人一般。陆游曾作诗："高标逸韵君知否，正在层冰积雪时。"或许，正是因为梅花在千层冰雪的欺凌之下依旧散发着独特的芳香，才能在寒来暑往之时独秀于春。贯酸斋在梅的身上看到了自己的影子，因而夜晚时起身披衣，冒着严寒去追寻梅香的源头。如此，便有了以上的第二首咏梅曲。

独步于月色如水的郊外，酸斋举头仰望静谧的苍穹，看到浩渺的星河光华璀璨。他踱过竹桥，隐约听到冰下的溪水叮咚作响。远处的茅舍冒着几许轻烟，似是一户农家在围炉取暖。正当此时，有一缕淡远的梅香借着微微的寒风溜过鼻尖，混合着农家的烟火之气，沁入他的心脾。顺着香气飘来的方向望去，酸斋这才蓦然发现，月下的溪边正有一枝凌寒绽放的梅。他匆匆走去，本想抬手折一枝带回家去，却见梅好似在娇嗔地对人诉说，莫要将自己攀折。心生恻隐的酸斋只好按捺下采撷的欲念，静静地凝望着眼前在风雪中不动不移的寒梅。

在酸斋看来，眼前的寒梅正是一个遗世独立的仙子，她有着冰做的雪肌、玉做的肤脂，衣袂飘然欲飞，对人欲语还休，令人倍加怜惜。天色渐渐发亮，一轮红日即将从海天相连的地方升起，酸斋眼前的仙女便渐渐消逝。原来，这一切皆是酸斋不肯醒来的一场迷梦，黎明既至，仙子遂去，空气中徒留梅花带来的春意。

贯酸斋笔下的梅，清幽而迷幻，让人只敢远望而不敢近观。而甜斋徐再思笔下的梅，亦是同样的风姿绰约。

昨朝深雪前村。今宵淡月黄昏。春到南枝几分？水香冰晕。唤回逋老诗魂。

徐再思《天净沙·探梅》

甜斋徐再思与酸斋贯云石的赏梅时刻，均是黄昏月下，雪后冰重之时，但二人的情致不尽相同。酸斋是闻香气而寻梅，甜斋则是为寻梅而闻香。然而无论怎样，那些懂得如何欣赏梅骨之人，其心皆是一样的冰清玉洁。

甜斋的这曲《天净沙》与酸斋的《清江引》同写于冬末春初时节。此时的梅花开得并不多，须于深山之中细细地探寻。在村里村外，甜斋遍寻数日，终于觅得梅花的踪迹。带着清水般的灵动与冰雪般的骨感，一枝梅静静地开着。在黄昏之中，幽的绰约风姿、馥郁香气、悠悠情韵，皆美到极致，甚至足以唤回梅仙林逋的魂魄，与甜斋一同赏梅、咏梅、爱梅。

细读"酸甜二斋"的咏梅曲，无论是有心，还是无意，他们都对独立于寒冬的梅花捧上了自己的一颗赤诚之心，有灵的寒梅亦对他们的情感有所回应。曾有不计其数的高士，忍着彻骨的冰寒踏雪寻梅，梅亦慷慨对之，将一缕香魂借与他们，帮他们作得好曲佳文。然而，惊破寒冬的梅花或许并不希望人们给它太多的咏叹，亦不希望人们将它标榜得那样孤高。

梅花唯在寒冬腊月才摇曳现身，因而常被后人用来砥砺自己的品性，意欲从梅的身上沾得几分高洁的气息。然而，心向高洁，是否便能真的高洁？《红楼梦》第五十回"芦雪庵争联即景诗，暖香坞雅致春灯谜"中，大雪过后，大观园成了一个银装素裹的奇幻世界，李纨提议到芦雪庵联句，宝玉的诗词不及姐妹，因而被罚往栊翠庵妙玉处去折一枝红梅。开在栊翠庵中的一株株红梅，胭脂一般的颜色在晶莹的冰雪之中更显灵动，让人不禁想要作诗咏之。而妙玉其人亦如这梅花一般，高洁孤僻，嫌世俗太过纷扰便遁入空门。然而，欲洁难洁，妙玉纵然能扶乩寻觅通灵宝玉的下落，却算不出自己终陷泥淖的命运。

　　天寒地冻，在冬风的摧残之下，孤寂的不单是人心，天地亦是落寞而沉寂。心性高洁或许只是人们的一个夙愿，而梅在寒冬的出现，或许仅是想与天地为伴，一同度过那难熬的时日。而这恰是它最让人感念的精神，度人度己。

卷五　相思泪

亦舒曾说："爱一个人绝不潇洒，为自己留了后步的，也就不是爱。"因为世人爱得疯魔，所以元人写得痴狂。他们在情感索求上失败，便希望在曲中寻到情感的永恒。

空付情，独憔悴

据《仪礼·士昏礼》载，旧时士人成婚有六项必经的礼仪：纳采、问名、纳吉、纳征、请期、亲迎，即后世所称的"六礼"。此六礼中，每一个仪式都不可轻易地减除越过，而每一步亦难离开媒婆的参与。民间所称的"三姑六婆"中，"三姑"为尼姑、道姑、卦姑；"六婆"则指牙婆、媒婆、师婆、虔婆、药婆、稳婆，若无父母之命、媒妁之言，欲于良辰美景之中成就一段遂人心愿的美好姻缘，便是不可实现之事。

为世间的男男女女牵一条缠绵的红线，搭一座缱绻的鹊桥，是媒人的职分。若做得好媒，不仅可得谢媒酒与谢媒金，更可落得好名声，成为远近闻名的良媒。于常人的印象之中，媒人大多是一个失去青春年华的女子，却幸运地生就一张伶牙俐嘴，可巧妙地说合千桩百桩姻缘。倘若为古来的媒婆编立一部传记，或许，在万千的半老红娘之间，有一个媒婆是那样可爱，那样与众不同，她便是王实甫笔下的古怪少女——小红娘。

数百年来，《西厢记》中张生与崔莺莺迂回曲折的爱恋，固然令诸多痴情的男女迷醉，但王实甫巧手塑造的红娘一角似乎更令人喜爱，或许这也是他未曾预料到的。《西厢记》改编自唐人元稹的传奇《莺莺传》，在《莺莺传》中，元稹费尽笔墨描摹的乃是张生与莺莺恋爱的波澜。二人命运每一次意外的转折，皆能牵动读者的心弦，而小小的红娘不过是莺莺的贴身丫鬟，毫不引人注目。在王实甫笔下，华丽转身的红娘却成为全剧不可缺少之人物，若无她在暗中为崔、张二人传递幽期密约的书信，于明处机敏勇敢地与老夫人抗争，张生与莺莺的爱情或许便如凌空绽放的烟火，只灿烂一瞬，便无处寻觅。

世间的男女一旦坠入有千千结的情网，便难以自拔。而每一段刻骨铭心的爱情，大都源于不经意间的巧合，张生与崔莺莺的相识便是如此。崔莺莺本是相国之女，父亲亡故，与母亲郑氏一同扶着父亲的灵柩回乡安葬，因故暂居河中府的普救寺。正如俗语所说，无巧不成书，前礼部尚书之子张生亦寄寓在普救寺中。张生姓张名珙，字君瑞，父母相继辞世后，他便孑然一身漫游于四方，飘零于湖海。张生赴京赶考之时途经普救寺，亦投宿于此。或是无意，抑或是命中注定，他偶然得见在寺中游走观景的崔莺莺时，刹那间便丢失了几分魂魄。

千般袅娜，万般旖旎的莺莺，仿佛晚风吹拂下的垂柳，令人怜爱。只见她明眸皓齿，粉面含情，风流俊逸的张生瞬间对她钟情。许是读多了圣贤书，满腹迂腐，张生不知该如何表达自己的爱慕之心，竟于月夜之下唐突地吟一首绝句给莺莺。未料，情窦初开、心弦亦被挑动的莺莺竟回了一首，与他酬和联吟。彼此初晓了对方的心意后，二人便坠入爱河，以书信往来表达情意，而莺莺的贴身婢女红娘自然成了二人传情达意的信使。

正当张生和莺莺浓情蜜意之时，却又不期然地飞来横祸。当朝叛将孙飞虎垂涎于莺莺倾国倾城的容貌，竟蛮横地率领五千兵马围困普救寺，企图以权势威逼，娶她为妻。解围心切的崔夫人放言，谁能解得普救寺之难，便命莺莺以身相许。情势危急，张生即刻修书一封，向自己的八拜之交征西大元帅杜确求助，令普救寺之围终被解除。然而，不肯将女儿嫁与张生的崔夫人此时出尔反尔，声称莺莺与公子郑恒已有婚配，拒绝兑现自己的允诺。苦苦相恋的张生和莺莺，唯能以薄薄的书信传递言说不尽的深情，而襄助他们二人的，仍旧是大胆正直的红娘。

在红娘的协助下，张生与莺莺虽能隔墙相会，但始终不能见面，这令两人愁断肝肠。不久，悲痛欲绝的张生即因害了相思病而卧病在床，被母亲严加监管的莺莺亦因日夜思念而憔悴不堪。察觉了莺莺有不同往日的异常之后，崔夫人严刑逼问红娘，始知崔张二人暗中的来往从不曾间断，她怒不可遏。红娘心知二人的私情瞒得过一时却难瞒一世，便索性将其中的缘由说得一清二楚，大胆地为崔、张辩驳起来。

【秃厮儿】我则道神针法灸，谁承望燕侣莺俦。他两个经今月余则是一处宿，何须你一一问缘由？

【圣药王】他每不识忧，不识愁，一双心意两相投。夫人得好休，便好休，这其间何必苦追求！常言道"女大不中留"。

【麻郎儿】秀才是文章魁首，姐姐是仕女班头；一个通彻三教九流，一个晓尽描鸾刺绣。

【幺篇】世有、便休、罢手，大恩人怎做敌头？起白马将军故友，斩飞虎叛贼草寇。

【络丝娘】不争和张解元参辰卯酉，便是与崔相国出乖弄丑。到底干连着自己骨肉，夫人索穷究。

王实甫《西厢记》第四本第二折

红娘伶牙俐口，既言张生与莺莺是燕侣莺俦，才貌相配；亦言崔夫人不守承诺，拆人姻缘。红娘将各番利弊陈说殆尽的一席话，令老夫人意欲反驳却哑口无言。

思前想后，不肯轻易妥协的老夫人最终应允二人交往，但须张生考取功名方可迎娶莺莺。许是一段甜蜜的爱情确有励人心志之力，数场考试之后，张生果然得中状元。然而，一波未平一波又起，郑恒忽然横生枝节，欺骗莺莺说张生已成卫尚书的东床快婿，意图乘虚而入染指莺莺。幸而张生与杜确及时赶到，拆穿了他的谎言。经历了数番折磨的张生与莺莺终于得偿所愿，可执子之手，与子偕老。

汤显祖在《汤海若先生批评西厢记》中评王实甫笔下的红娘："二十分才，二十分识，二十分胆。有此军师，何攻不破，何战不克。"机敏坚毅的红娘为崔、张二人出谋划策，沟通传信，实在功不可没。若无她的襄助，崔张二人便不能冲破礼教之藩篱，在爱情之役中赢得胜利。而红娘自己，却输得一败涂地。

现代学者吴晓铃曾言，热心的红娘是意欲嫁与张生，方才那般地全力协助崔、张。世人对此主张曾颇有指摘，不愿承认她有私心，独独看到红娘的聪明、伶俐、正直与热心。

出身微贱的红娘，身为莺莺之丫鬟，唯能终生为婢，待稍大些便胡乱配个府里的小厮完事。但古有"陪嫁丫鬟"一说，小姐出嫁之后，夫家亦可纳小姐的丫鬟为妾。如《红楼梦》中，薛蟠娶了夏金桂的陪房丫鬟宝蟾，贾琏纳了王熙凤的陪房丫头平儿。第一本第三折红娘与莺莺深夜于花园内烧香时，红娘替莺莺祝告："愿俺姐姐早寻一个姐夫，拖带红娘咱！"亦可见红娘屈曲弯折的心曲。

或许，在老夫人、莺莺与张生之间苦苦周旋的红娘，最初实是抱着促成人间鸳鸯的热心，极力帮张生与莺莺穿针引线，而其后，心思缜密的她则不免有几分自己的打算。机巧的红娘为充当崔、张二人的"撮合山"，费尽心力，待张生表示要重重地酬谢她时，她却答言："不图你甚白璧黄金，则要你满头花，拖地锦。"红娘并不看重白璧黄金，而单要"满头花"与"拖地锦"两样古代婚嫁的服饰，言外之意，或许正是希望能与小姐一同嫁与张生。

贾仲明曾追忆王实甫云："风月营密匝匝列旌旗，莺花寨明飚飚排剑戟。翠红乡雄赳赳施谋智。作辞章，风韵美，士林中等辈伏低。"终日混迹在市井闾里、秦楼楚馆的王实甫，对红娘这般底层之人的痛苦感同身受。红娘身为一介弱女子，如何左右自己为奴为婢的命运？或许，红娘见小姐能配一个心地善良的张生，便将此视为自己命运的转折，希望能随嫁而去，因而曾多次探问张生欲如何报答她。无奈，张生空有允诺，待红娘促成他与莺莺的姻缘之后，他便忘却自己曾经的盟誓。

王实甫曾在第五本第四折《清江引》一曲中，道出"永志无别离，万古常完聚，愿普天下有情的都成了眷属"的美好祈愿。关汉卿在《拜月亭》中言"愿天下心厮爱的夫妇永无分离",白朴在《墙头马上》中亦云"愿普天下姻眷皆完聚"。元代名震一时的剧作家们,皆以剧中的曲词表达了希望有情人白头到老的美好愿望。然而有情人并非单是才子佳人,聪慧可爱的红娘如何不是有情的?在普天下都皆大欢喜之时,独有红娘黯然神伤,无处托寄一腔惆怅心事。

在流水落花春去之时,有闲愁万种的,不唯有光彩夺目的主角,亦有那些落寞的配角。曹雪芹在《红楼梦》中,曾借林黛玉之口,称赞《西厢记》"曲词警人,余香满口"。但《西厢记》不尽的余味或许不独在其曲词,更在于它的大团圆结局之后,还有一个被人遗忘的红娘。目送着才子佳人终成如花美眷携手离去的背影,转身之后,红娘的心或如一杯浸透了夜色的清水,未知有怎样的荒凉。

别离短,相聚长

在元时异彩纷呈的戏剧舞台上,有一出戏总是那样动人心弦,赚人眼泪。剧中的女子为爱生生死死,几番离合。那一番轰轰烈烈如痴如醉的爱恋,无论孰人观之,皆要为之哀婉叹息,为之垂泪啜泣。

这出戏便是杂剧大家郑光祖所写的《迷青琐倩女离魂》。辞官归隐之后,郑光祖被唐时陈玄佑的《离魂记》深深触动,便拿起如椽大笔,为这段故事重新敷上新的粉墨,呈于世间。

端庄妍丽的张倩本是富家小姐,与俊秀儒雅的秀才王文举指腹为婚。原本,一段青梅竹马的美好姻缘便可就此成就,仿佛命定一般。但王文举命运多舛,其父母不幸早亡,家道中落,难以再得张家的青眼。张母嫌弃王家无权无势,意欲悔婚。她料定王文举不过是个懦弱无用的读书人,难以出人头地,便寻一借口搪塞王文举:若他能高中进士,便将如花的女儿许配与他,配成神仙鸾俦。

张母暴戾,以张家"三辈儿不招白衣秀士"的托词将王文举拒于千里之外,而她的女儿张倩对感情格外忠贞。王文举赴京应试之时,张倩来到柳亭与他依依惜别,泪落涟涟。

【元和令】杯中酒，和泪酌；心间事，对伊道：似长亭折柳赠柔条。哥哥，你休有上梢没下梢。从今虚度可怜宵，奈离愁不了！

【后庭花】我这里翠帘车先控着，他那里黄金镫懒去挑；我泪湿香罗袖，他鞭垂碧玉梢。望迢迢，恨堆满西风古道。想急煎煎人多情人去了，和青湛湛天有情天亦老。俺气盦盦喘然声不定交，助疏剌剌动羁怀风乱扫；滴扑簌簌界残妆粉泪抛，洒细蒙蒙泡香尘暮雨飘。

【柳叶儿】见渐零零满江干楼阁，我各剌剌坐车儿懒过溪桥，他圪蹬蹬马蹄儿倦上皇州道。我一望望伤怀抱，他一步步待回镳，早一程程水远山遥。

郑光祖《迷青琐倩女离魂》第一折

　　和着泪饮下杯中烈性的苦酒，最后一滴还未饮尽，张倩的眼泪便顺着双颊簌簌地落下来，浸湿了拭泪的芬芳罗袖。看着王文举离去的背影，张倩的心中五味杂陈，竟连她自己也分不清究竟在忧思何事。细雨蒙蒙，更添了几许悲凉。她既希望王文举此去金榜题名，以令母亲兑现二人完婚的允诺；又担心他为京城的繁华所惑，忘记了忧思在家苦苦等待的自己。一阵风吹来，张倩停止了哭泣，不知是风吹干了泪痕，还是自己早已没有了眼泪。

　　"得了官别就新婚，剥落呵羞归故里"，此番沉重的忧虑压在张倩的心头，令她几近窒息。张倩的脑海中浮现出诸多哀怨忧伤的闺怨之人，她们的意中人取得了功名，便在他乡另成新婚，将她们凄凉地抛弃。据《后汉书》载，乐羊子远行求师一年之后，因难抑深沉的思乡之情，便还乡探望妻子。未料一心为他前途着想的妻子，竟举刀将自己辛苦织就的布匹剪为两段。为了丈夫的仕途经济，乐羊子妻强行压抑下自己对丈夫的思念，苦苦地劝谏他仗剑去国，辞亲远游，而自己甘愿独守空房七年。张倩不愿沦为闺中思妇，但若令她仿效乐羊子妻，狠心割弃对心上人的思念，情深义重的张倩亦会愁肠百结。

　　王文举的马车渐行渐远，张倩也同样踏上了回程的马车。掀帘而望，王文举早已不见了踪影，而张倩仍是不舍。王文举此去，山遥水远，古道迢迢，未知何时是归期，或许，便永远没有了再见之日。张倩的心仿若晚潮般涨涨落落，难以平静。

贯云石在《金字经》中说，"峨眉能自惜，别离泪似倾。"别离前，女子尚且知道当珍惜自己，抑制悲情；而别离之时，却往往难以自抑，泪如滂沱。夜半时分，秋雨落于梧桐叶上，女子更是不能入寐，想起从前的种种美好，更觉孤寂凄清。晏殊于《玉楼春》中言："无情不似多情苦，一寸还成千万缕。"若多情之人的一寸情，要化作丝丝缕缕难以理清的愁情，倒不如做一个无情之人，以求一颗淡然之心。天涯海角总有边界，而相思是无穷无尽的。因而，王文举离开后不久，张倩便思念成疾。

被相思折磨得憔悴消瘦的张倩，终日做着王文举归来的梦。每每听到轻微的响动，她便以为是王文举回家的步履之声。王文举此去，仿佛将她的心也带去了，徒留她的躯壳在家，日复一日地看着"远浦孤鹜落霞，枯藤老树昏鸦"之景，哀伤不已。不久，思念情深的张倩便病倒在卧榻之上，昏迷不醒。原来，她的魂魄早已离身，远行千里，追随王文举到了京城中。

起初，王文举以为张倩当真寻他而来，便与她的魂魄一同在京中生活，过着美满的日子。有佳人相伴，王文举读书更加发愤，三年之后，果真状元及第。衣锦还乡之时，满面春风的王文举意欲正式拜见岳父岳母，未料他与张倩二人刚刚迈入张府，张母便厉声斥责王文举身旁的"张倩"为鬼魅，并声言自己的女儿将要因病而亡了。王文举闻言，大惊失色，拔剑便要除去身边的女子。一时凄苦的张倩见状，当即回到自己的闺房查看。张倩的魂魄看到病床上的自己形销骨立，不禁悲从中来，旋即回到自身。自此，苏醒过来的张倩便与王文举长相厮守，一片欢欣。

钟嗣成于《录鬼簿》中载，郑光祖的生卒年不详。他少年时习儒，有超凡脱俗的才情，与当时极负盛名的关汉卿、马致远、白朴三人齐名。后曾任杭州小吏,一直寓居南方。但性格方直的郑光祖,难为混沌恶浊的官场所容,便索性丢开名利,半官半闲,与当地的伶人歌伎为友。

那些风尘中人悲戚的身世,郑光祖闻之总是神色凄然,故而,他便将众人的喜怒哀乐写入自己的杂剧之中,以此为念。或许,《迷青琐倩女离魂》中张倩与王文举以生生死死方能求得的爱情,正是伶人歌伎不能情有所终的影像;对爱情忠贞不渝、真挚热烈的张倩,正是郑光祖所认识的若干灵慧女子的化身。俗世之中情难圆满,郑光祖便倾心地用笔墨架起一座理想的爱情高阁,亦为自己空寂的心灵觅得一个可供栖息的桃源仙境。一部小小的杂剧,淋漓尽致地抒写了他一己之情绪,亦吟唱着黎民百姓的忧惧悲欢。郑光祖死后,苏杭一带的伶人歌伎不约而同地募资,将他火葬于杭州的灵隐寺中,这正是对他生前一腔深情的告慰。

郑光祖将自己细腻的深情倾注于张倩的灵魂之中,而痴情之人并非她一个。明代汤显祖的《牡丹亭》中的杜丽娘亦是与张倩一般甘愿为爱情失魂落魄之人。这部与《邯郸记》《紫钗记》《南柯记》并称为"玉茗堂四梦"的《牡丹亭》,一经问世,便"几令《西厢》减价",不知聊慰了多少少女的伤春之心,亦令多少女子忧戚感伤。

才貌端妍的杜丽娘在昏昏睡梦中与贫寒的书生柳梦梅相爱,定情于牡丹亭畔。杜丽娘梦醒之后,发现甜言蜜语、海誓山盟都消失不见。悲伤异常的杜丽娘自此便悒郁憔悴,一病不起。或许是梦境太美,现实反而显得虚幻迷离,杜丽娘一朝便为情殒身。历经种种波折之后,心怀爱的执念的杜丽娘又为爱苏醒,终与柳梦梅结成眷属。汤显祖的《牡丹亭》题词中有言:"如杜丽娘者,乃可谓之有情人耳。情不知所起,一往而深。生者可以死,死可以生。生而不可与死,死而不可复生者,皆非情之至也。"杜丽娘为爱而死,为爱而生,生生死死皆是对爱的高歌,而魂魄离身的张倩又何尝不是如此?

生生死死为情多,戏中越是圆满,戏外便越是惆怅。若真情可得长久,别离也就没那么痛;若人生终得圆满,悲欢离合也就不值得咏叹。曹植《浮萍篇》诗云:"日月不恒处,人生忽如寓。"人生如梦,蓦然回首,短暂的别离只为海枯石烂的长久。

定不负,相思意

尘世间有太多东西令我们割舍不下:乡间的晚风,桥下的清溪,流连在黄色花蕊上的红蜻蜓……它们明快,它们清丽,好似世人在暖暖的春日中路过一片芳草遍生的郊野,便自然而然地哼出闲适淡泊的调子。

然而,世上还有那么多绵密的事物,如一川烟草,满城风絮,梅子黄时雨,它们来得并不激烈,却最绵长。痴男怨女的相思仿佛也是这般,像顽强地生长于人心的树木,拔不去根,摘不掉叶。或许,缘定三生的说法并不是虚妄,冥冥之中,有的人注定要经历情劫,他们虔诚地祈求在滚滚红尘中,爱能开出一朵纯洁无瑕的花来,纵为此历经千辛万苦也无悔无怨。

在一段刻骨铭心的爱恋之中,相思皆如影随形。问相思是为何物?南朝后齐王融曾在《咏琵琶》中道:"丝中传意绪,花里寄春情。"男女相爱,情意绵绵不尽,唯愿朝朝暮暮长相厮守。然而,世俗中亦有种种羁绊,阻碍二人的红线相互缠连。如此,在两颗相距千里万里的人心中,相思便萌生,蔓延,如藕丝般粘连不断。故而,"相丝"便是"相思",剪不断,理还乱,相思来时,风狂雨骤。

从古至今,人人都道相思最苦。《诗经》自不必提,汉末的《古诗十九首》亦是写尽绵绵不断的相思。《涉江采芙蓉》中,主人公见池沼边芳草开得绚烂美好,禁不住要采撷一朵送给心上人。但心上人在漫漫的长路尽头,纵然花再芳香也始终不能闻到。路途遥遥,即便二人同心,即便相思成疾,"忧伤以终老"亦是主人公难以逃脱的宿命。而另一首《行行重行行》,则写满一个思妇的悠悠怨怼。透过诗行,我们仿佛看到一个泪眼婆娑的妇人正哽咽着问远方的离人:动物尚且依恋故乡，难道你已忘记了故乡，忘记了故乡的我吗？

无人不相思，然而，思妇的相思与少女的相思是不同的。《古诗十九首·行行重行行》中的思妇，在游子久久未返，想是自己已遭遗弃后，唯能感叹："思君令人老，岁月忽已晚。弃捐勿复道，努力加餐饭。"许诺自己要过好剩下的孤单时日。又如关汉卿的《大德歌》四首，女主人公虽不曾言说一句相思之语，但深藏于心的怨妇之苦却如明月照石般表露无遗；而少女的苦则不同，在依稀的惆怅之外，是隐隐约约的甜蜜。

少女的心思是难猜的，而徐再思善于写初坠爱河、日日相思的少女。在写男女相思的元曲中，许多散曲家往往将细腻的情思借世上的外在风物言明，譬如关汉卿。而徐再思毫不避讳在曲中直言相思，发出对人心的深沉叩问。

平生不会相思，才会相思，便害相思。身似浮云，心如飞絮，气若游丝。空一缕余香在此，盼千金游子何之。证候来时，正是何时？灯半昏时，月半明时。

徐再思《蟾宫曲·春情》

徐再思的这首《蟾宫曲》，将一个初次坠入爱河的少女写得可怜可爱。她曲曲折折的少女情怀，婉转动人的相思，在我们的心上激起了层层涟漪。

初恋，仿佛清晨草叶上的露珠，远观时清澈通透，而触碰时露珠则有滑落的危险。在认识一个令人牵肠挂肚的少年之前，少女的世界简单透明，并无一事能搅扰她们的心境。直至有一天，一个倏然闯入心房，她们的世界便再不能恢复往日的平静。"相思"好像是一门学问，以前不懂尚且罢了，而懂得了便就害起相思来。心中的那个人占据了少女的全部思绪，让她好似眩晕在浮云里，心似飘絮，气若游丝。游子一去，空留下一缕余香在此，而她只能孤独地盼望他早日归来。少女自问：相思病到来，最难挨的是什么时候？而后幽幽怨怨地自答：正是灯半昏，月半明，夜已阑，人未眠之时。

这一曲，将少女陷入初恋时的病因、病情、病思写得真挚自然，清新明丽，犹如雨后的新叶。虽是少女心中相思的直接陈说，却在直白中见含蓄，在含蓄中更添了几分忧愁。少女的相思之苦随着一层一层意味深长的咏叹，跃然纸上，映入人心。

思念是一种难以言说的东西，好似在迷雾之后盛开的姹紫嫣红，明媚，却有不可触及的忧伤。徐再思写的虽是少女，但所表之情未必没有一丝来自他的心弦。就像杜甫的《月夜》，诗中写家中的妻子儿女思念自己，实则是自己在思念家中的亲人。细读徐再思的曲，有时会让人产生错觉，曲中的少女莫不就是徐再思的代言者，在犹犹豫豫地低语着对心上人的思念？

据清代褚人穫的《坚瓠集·丁集》载，徐再思大抵在太湖一带飘零，十余年没有归家。他一生虽未做过大官，却是元代后期声名赫赫的大才子。史上对他的记载较少，或许他的漂泊是迫不得已，但长期的羁旅生活无疑给了他更多绵软细腻的心思。这些情思，流诸他的笔端，亦渗入他人的心灵，与万千陷入爱情的男男女女一起，憧憬，思念，感伤。

相思有如少债的，每日相催逼。常挑着一担愁，准不了三分利。这本钱见他时才算得。

徐再思《清江引·相思》

在徐再思的笔下心头，相思就如一种债。刻薄的放债之人日日催逼，而他难以偿还。还不了债的沉重愁苦压在心头，日渐加重。他实在不知该偿还多少，只能等与放债人相见时，才能明晰如何将本钱与利息计算清楚。

这曲《清江引》只寥寥三十余字，却包含着品味不尽的意蕴。关汉卿虽也曾把思念比作债款，却不似徐再思这般写得生动刻骨。在徐再思笔下，相思即是情债，这甜蜜的负担竟是这般沉重，比钱债难还千倍万倍。

而受着相思煎熬的，古往今来岂止他一人？苏轼妻殒十年，午夜梦回时仍心心念念地牵挂着妻子。无奈，生死已成为横亘二人间的一条鸿沟，难以逾越。陆游被迫和深爱的表妹唐琬分开，却始终无法遗忘当年的海誓山盟。十年后，二人相遇，陆游奋笔在沈园的墙上题下一首《钗头凤》，写尽积压在眉上心头的感伤。唐琬在第二年看到墙上的题词，所有的相思离恨一齐涌来，回题了一首《钗头凤》，不久之后便悒郁而终。一缕香魂散去，独令后人忧伤。

相思面前，无人能幸运地脱逃。相思情生本意味着有爱萌生，是一件可喜的幸事，但相思给人更多的是愁苦。爱是一种遇见，相爱的结局却无人可以预见。世间的每个角落里都有道不尽的故事，而每个故事里都有抚不平的情伤。纵是郎才女貌，如花美眷，也抵不过相隔万里，似水流年。实际上，每个人都向往在自己的年华里遇见此等美事：与你相遇，伴你白首。然而，能得一人心，白首不相离，或许只是一个承诺，安慰爱人也安慰自己。这个承诺能否兑现是未可知的，而穷尽一生也难还尽的情债真真切切地存在。相思来时，如狂风暴雨般击打着人的心房，让人猝不及防，失魂落魄。

千百年来，人人总是心怀一桩"有情人终成眷属"的夙愿，因而戏剧家常把人们的美好期许融入自己所撰的故事中，在男女主人公经历重重艰险后，为他们设定一个大团圆的结局，如张生与莺莺，张倩与王文举。然而善男信女的每一次精诚所至并不都能金石为开，现实总是以更残酷的面目示人。不管是传说中的梁山伯与祝英台，白娘子与许仙，焦仲卿与刘兰芝，还是困囿于尘世之网的俗世之人，皆饱尝相思之苦，难以实现执子之手，与子偕老的美梦。

然而，明明知道相思苦，众人还是固执地偏要赌一世情缘。雨后，芳径落红遍地，桥畔野草新绿，在烟雨迷蒙中隐隐地露出的一张盈盈笑靥，让人着迷。但爱的芳菲世界容易凋零成一片狼藉，相思久了只会让人们更加幽怨。情丝易结，相思难断，因为爱是最难隐藏的，即使能瞒过他人，也欺骗不了自己。

李之仪有《卜算子》词："我住长江头，君住长江尾。日日思君不见君，共饮长江水。此水几时休？此恨何时已？只愿君心似我心，定不负相思意。"或许，"只愿君心似我心，定不负相思意"正是千百年来无数痴男怨女飞蛾般扑向爱情的缘由。

有情痴，死生随

东汉末年，曾经恢宏豪迈的汉王朝风雨飘摇，恍若浮于江海的一叶小舟，时时面临着被波澜倾覆的危险。群雄并起，诸侯争霸的狼烟仿佛淹没了烟火人间，亦淹没了一个感天动地的情痴。这个情痴便是荀粲。

荀粲出身名门，其父荀彧是颇受曹操倚重的重要谋臣，兄长荀长倩则是曹操的东床快婿。荀粲是荀彧的幼子，面如冠玉，亦与望族联姻，娶骠骑将军曹洪之女曹氏为妻。曹氏虽非才女，但容貌鲜妍，温柔可人，二人婚后的生活满是甜蜜温馨。许是他们琴瑟相和的日子遭上天妒忌的缘故，美好的韶光匆匆而逝，曹氏竟得了重病，一病不起。

发病时，曹氏浑身发热，万分煎熬。为了减轻妻子的痛苦，荀粲竟脱去衣物站于庭院之内令自己的身体冷却，之后再以自己冰冷的身躯环抱妻子，为妻子降温。然而，上天并没有为荀粲的深情所打动，曹氏最终还是香消玉殒，空留给荀粲一身的怅惘与牵念。荀粲自知世间再难觅得曹氏一般的佳偶，便终日郁郁寡欢，竟于次年亦辞世而去，时年只有二十九岁。

"人间自是有情痴"，那些不愿意辜负了青春韶华的人，总是以最热烈最痴傻的行为来证明真情之存在。深爱林黛玉的贾宝玉赌咒发誓说："你死了，我做和尚。"看似疯傻，却有甘为爱情赴汤蹈火的勇毅。晋朝陆机《文赋》中道："观古今于须臾，抚四海于一瞬。"沧海桑田原来不需要那么久，拂去历史的烟尘，一张张黯然凄迷、为情所伤的脸庞，便渐渐清晰地浮现。他们如同着了魔一般，纵是以死相随也心甘情愿。人是如此，禽鸟亦是如此，因而，当元好问看到投地自杀、殉情而死的大雁之时，便忍不住道出了纠缠人间数百年的心事："问世间情是何物，直教生死相许。"

倾国倾城以死相赴的绝恋总是令人心碎。曲人鲍天佑便以时人为原型写过一个痴情万分的女子，即《王妙妙死哭秦少游》中的歌伎王妙妙。这个小小的女子可谓一个千古情痴，在历史上确有其人，不过是个名不见经传的歌伎。在宋人的笔记小说之中，她本无名无姓，却因与秦观有一段风流逸事而为世人熟知。

秦观是宋代的风流人物，字少游，乃"苏门四学士"之一，有八斗之才且俊逸多情。他时常流连在外，混迹于繁华喧闹的烟花巷中，将所创作的美词佳曲献给当时美艳的名妓，一句"两情若是久长时，又岂在朝朝暮暮"更是迷倒了远近的名伶。王妙妙能于瀚海一般的历史之中留下一个娇小的身影，并为后人传诵，大抵便是因她至痴至情。

倾其心力摹写王妙妙的鲍天佑是元代的杂剧家，其所作杂剧，众知有八种，多已散佚，仅有《史鱼尸谏卫灵公》《王妙妙死哭秦少游》二剧有残曲留存。

这部《王妙妙死哭秦少游》，写了歌伎王妙妙与秦观的一段情缘，堪称为情而颂的最凄美的诗篇。

身居长沙的歌伎王妙妙与秦观素未谋面，却因慕其缠绵绮丽的词而对他倾心不已。她所唱的每一支曲子皆出于秦观之手，而她对秦观的钦慕，长沙城中更是妇孺皆知。

在民间传说中，华府如琬似花的丫鬟秋香因一首"桃花坞里桃花庵，桃花庵下桃花仙。桃花仙人种桃树，又摘桃花换酒钱"的桃花诗便爱上了风流倜傥的才子唐伯虎，自然，王妙妙亦能因"金风玉露一相逢，便胜却人间无数"的词句便爱上当世的俊才秦少游。自古以来，善于写诗文，会吟弄风月的男子，大多容易俘获少女的芳心，但他们周旋于众多女子之中，并不能将长相厮守的承诺寄予一人，正是令人哀婉不尽之事。

不久之后，游历在外的秦观屡遭宦海风波，被贬谪到长沙，听闻此处有一个音声曼妙的歌伎倾心于他，他便隐瞒身份与王妙妙接近。二人相遇之时，秦观怜惜地问她，为何因为两三句词便轻易地将芳心许给一个素昧平生的男子，如此岂非太过草率？情到痴处的王妙妙却说，倘若能一睹秦观的丰仪，纵是为妾为婢，为他铺纸研墨，她亦甘愿。

看着眼前女子这般情真意切，秦观不忍继续隐瞒，遂表明了自己的身份。自此，王妙妙便成为他的红颜知己。为了答谢她深厚的情意，秦观数次以词赠之。然而好景不长，秦观再次获罪，被贬于蛮荒之地，不能携她同行，两人只能无奈地折柳分别。临行之前，看着王妙妙蒙眬的泪眼，秦观亦无语凝噎，唯能写下"郴江幸自绕郴山，为谁流下潇湘去"的词给王妙妙，以表心意。他言辞恳切地说，自己的归期不远，届时定会接她一道回乡。谁知此去竟然一别千里，王妙妙再次听闻秦观的讯息，二人已是天人永隔。

【甜水令】则见那闹闹烘烘，聒聒噪噪，道姓题名，围前围后。湿浸浸冷汗遍身流。哭哭啼啼，凄凄凉凉，不堪回首，愁和闷常在心头。

【折桂令】困腾腾高枕无忧；却和你梦里相逢，元来是神绕魂游。一灵儿杳杳冥冥，哀哀怨怨，荡荡悠悠。凄惶泪流了再流，思量心愁上添愁，空教我淹损双眸。拆散了燕侣莺俦，至老风流，佳句难酬；觑了这一曲新词，便是他两句遗留。

鲍天佑《王妙妙死哭秦少游》

那一晚，花影迷乱，莺声断碎，午夜残梦之中，处处可听闻闹哄哄的聒噪之声，如此噩梦搅扰得王妙妙难以入眠。她惊坐而起，一片哀怨不禁涌上心头，仿佛大雨之前天上的阴云，愈积愈厚。晏几道《鹧鸪天》词中说："从别后，忆相逢，几回魂梦与君同。"王妙妙梦里梦外牵挂的皆是秦观，但她久已没有秦观的消息，焉知他是否也时时刻刻地惦念自己？

秦观此去颇久却一直未归，又杳无音讯，王妙妙的心里忐忑不安，犹如风过的湖水。饯别时，秦观为自己赠诗的情景仿佛还在眼前，而梦中之景，莫不是秦观的魂魄在向自己道别？想到秦观或许早已在他乡罹患了灾祸，王妙妙不禁流下了凄惶的眼泪，更添了一层惆怅。离别之后，王妙妙为了给秦观守节，便深闭大门拒不待客，一心等待秦观归来。然而，那个令人惊惧的噩梦萦绕在她心头，令她心绪不宁。为求安心，她即刻遣人去探听秦观的下落。未料，不及三日，她便收到一纸自雷州寄出的书信，纸上竟是秦少游死于归途的噩耗。

捧着这封沉甸甸的书信，悲痛难耐的王妙妙顿感万事皆休，她所有的希冀仿佛都随秦观逝去化为云烟。她仿佛丢失了心魂一般，即刻收拾行装，千里迢迢地远赴秦观的辞世之处，为秦观戴孝披麻。在一家破败不堪的旅舍中，王妙妙见到秦观的灵柩后，顿时没了气力，唯能伏在棺木之上呆呆地凝望着秦观的遗容。不知过了几时，殡葬之时已到，下葬之人准备合棺便请她起身，王妙妙却突然失声痛哭，低吟了一句"去意难留"，便晕厥在地，竟香消玉殒。

"上邪！我欲与君相知，长命无绝衰。山无陵，江水为竭。冬雷震震，夏雨雪。天地合，乃敢与君绝！"这般山盟海誓，看似痴傻，却是最赤诚的肺腑之言。为了心爱的人，一个女子毫不迟疑地选择为所爱之人殉情，纵使此刻江海未竭，夏未雨雪，其情其心亦可使天地万物皆为之哀恸。

爱情本没有身份地位之别，纵然王妙妙是一个歌伎，没有林黛玉的才情，薛宝钗的富贵，但她的痴情亦是常人难以比拟的。世人曾说，一幕剧的结局，若是男女同生便是喜剧，若是同死便是圆满，但若一生一死，天人相隔，便是真正令人愁肠寸断的悲剧。心怀执念的王妙妙，因爱秦观的才学而仰慕其人，因爱其人而不愿分离，因不愿分离而愿生死相随，其至情至性苍天可鉴，让世人为之扼腕叹息。故而，明代小说家冯梦龙言："千古女子爱才者，唯长沙歌伎王妙妙是一绝。"秦观一生与众多女子皆有交集，王妙妙将自己的一番痴情托寄于这风流浪子，便是将自己的爱情托付给了流水落花，刹那间便消逝得无影无踪。然而她无怨无悔，甚至为其哭丧而死。也正因此，她纯粹的爱情才更显动人。

爱到极致，生死的界限便会变得模糊起来。为爱生死相随是可歌可泣的，但寻常的男女却难做到，因而，王妙妙的痴情便愈发显得一往而深。"人间自是有情痴，此恨不关风与月。"在不畏生死的情痴面前，任何人皆会为自己的渺小懦弱而自惭形秽。

刘禹锡在他的一首《竹枝词》中说："花红易衰似郎意，水流无限似侬愁。"男子多情，女子便要多愁，风流才子的甜言蜜语总是令人难以相信，为爱情轻易牺牲的王妙妙，一腔深情等闲间便化作水中月、镜中花。时常出入于秦楼楚馆的秦观，如何能单将王妙妙一人置于心中？正如秦观自己所言："夜月一帘幽梦，春风十里柔情。"或许他已习惯了在温柔乡里流连，难将自己的痴心付与一人。

若爱上了不该爱的人，便只能任相思如春草般生长。南宋张炎之《词源》评："秦少游体制淡雅，气骨不衰，清丽中不断意脉，咀嚼无滓，久而知味。"也许，王妙妙回味不尽的，亦不过是少游婉弱清美的词而已。

薄幸男，痴情女

爱情仿佛是一种浸在美酒之中的毒药，人初饮时视之为玉露琼浆，欣喜不已，过后才知它甘醇背后有令人肝肠寸断的效力。然而，当世人对这杯中之物爱恋成癖以至难以自拔时，便会陷入令人难以抑制的癫狂之中。此时，不管是青草池塘春风和煦的午后，抑或是层林尽染天高云淡的黎明，曾经美丽的往事皆一去不返，徒成追忆。但即便如此，世间的男男女女仍会选择饮下这樽甜蜜的毒酿，在爱与痛的边缘徘徊，以泪水来祭奠从前的欢笑与韶光。

眼中花怎得接连枝，眉上锁新教配钥匙，描笔儿勾销了伤春事。闷葫芦剌断线儿，锦鸳鸯别对了个雄雌。野蜂儿难寻觅，蝎虎儿干害死，蚕蛹儿毕罢了相思。

乔吉《水仙子·怨风情》

　　一阵春风拂过，吹动了高歌欢舞的莺燕，亦唤醒了沉睡已久的烂漫山花。万紫千红之中，自是一片盎然的春意。然而，每朵花皆开得娇艳，却独独结不成相互交结的连理枝，这令女主人公万分哀伤。失恋之痛苦，犹如瞬间袭上江滩的浪潮一般袭上她的眉间。她的眉心仿佛上了一把深锁，寻不到合宜的钥匙来将其拆解。倘若手中的描花之笔可将自己伤心的往事一笔勾销，那么，曲中人便不会伤春了吧？

　　爱情的得到，是一种不期而遇的幸运；爱情的逝去，是一个挥之不去的噩梦。当情感之湖干涸之时，龟裂的河床上便会沉淀厚厚的愁闷。倘若不是如此，对唐琬难以忘情的陆游再次与她重逢之时，便不会对着满城春色发出"东风恶，欢情薄"的凄切之语。曲中人的心结难以打开，不知为何，从前"慢脸笑盈盈，相看无限情"的美好倏然间就变成了"从此萧郎是路人"的凄苦结局。如今，二人之间最后一丝眷恋已被剪断，她悒郁地想道，自己放心不下的那个男子定是在他处又配了如意的"锦鸳鸯"，杳无踪迹，而自己日日眼望着臂上的朱砂，固执地坚守着对他的爱情，如此，岂不是太过痴傻。

　　朱砂，亦称"守宫砂"，晋朝张华所著的《博物志》一书有着对其最早的记载。守宫砂是汉时博学广才的东方朔向汉武帝进献的一种守宫试贞之法，并于汉唐期间颇为流行。人们若以朱砂喂食壁虎，壁虎便会通身变赤。待它吃足七斤朱砂后，人们便将其杀死，碾成末儿点于女人之身。旧时，人们认为，被涂于女人身上的守宫砂终生不掉，唯有女子失去贞洁之时方才褪色。未知小小的一粒朱砂痣，伤透了多少深闺中人的心。曲中人泣不成声地说，自己本应早些罢手，无须再为那个薄幸之人坚贞不渝地守护爱情。

　　解开了那个负心薄幸之人留给自己的心结，曲中人便不再纠缠于自己的眉间心事。如此，她总好过《长门赋》中望穿秋水的宫女，亦胜于思念成疾而至香消玉殒的唐琬。"此情无计可消除，才下眉头，却上心头。"世间的女子若不能丢弃执念，便只能为情化作一片凋零的秋叶，在风中独自哭泣。

　　或许，真正的爱情并非一杯毒酒，而是一杯沁人心脾的清泉。它不是捆绑，不是束缚，亦不是轻相弃掷，而是相濡以沫，不弃不离，直至白头的相守。倘若真是这般，一段轰轰烈烈的爱恋才能如司马相如与卓文君的相守一般，被传诵千年。

　　司马相如与卓文君，一个是众星捧月的翩翩才子，一个是养在深闺的婉丽佳人，二人之间的姻缘仿佛三生之前便有命定。司马相如做客卓家，于厅堂之上见到了有着花容月貌，且善于抚琴、精通诗文的卓文君，便对她一见钟情。无奈，他心上之情难以言说，遂将自己的爱慕之意化入自己弹奏的《凤求凰》曲中："凤兮凤兮归故乡，游遨四海求其凰。时未遇兮无所将，何悟今兮升斯堂！有艳淑女在闺房，室迩人遐毒我肠。何缘交颈为鸳鸯，胡颉颃兮共翱翔！"

　　一曲真挚坦率的《凤求凰》，情辞恳切，深深地打动了为情所动的卓文君。她对司马相如不凡的才情同样钦慕，便与他暗通情意，终至不顾一切地与司马相如私奔而去。二人一同回至司马相如的家乡蜀中成都，因相如家徒四壁，两人便又回到卓文君的故乡临邛，开一家酒肆艰难地谋求生计。甘愿与司马相如共守清贫的卓文君，不惜放下大家闺秀的身段，当垆卖酒。此后，二人感情日笃，他们的深情亦得到了卓父的认同。

　　然而，好景不长，二人的生活日益富足，司马相如却日益沉迷于酒色之中，甚至起了纳妾之念。直至伤心不已的卓文君赠他一首《白头吟》，和泪低唱"愿得一心人，白首不相离"，他才幡然悔悟。想到昔日的似海深情，司马相如懊悔不迭，便对卓文君又专一如初，直至他告别尘世。

　　或许，世间的男子总是容易心猿意马，倏然间便将从前的恋人抛弃，而那些痴情男子洁如冰雪固若金石的爱恋，更教世人痛入骨髓。《史记·苏秦列传》中，苏秦便向燕王讲述了古今第一痴男子的故事。

那个悲情的男子名唤尾生，一日，他与自己万分牵念的心上人约至桥下相会，未料"女子不来，水至不去"，久久等待的佳人未来，汹涌而来的洪水却渐渐地淹没了桥面。无情的大水一点点增高，逐渐淹没了尾生的足踝、膝盖、颈项，但他仍一动不动，凝视着心上人将来的方向。看着不远处自己曾与心上人幽期的小径，尾生内心凄楚至极。他期望的，不过是想看见心上人那一抹动人的身影。然而，直到大水将自己完全淹没，他也未曾如愿。怀抱着最后一丝美好的守望，尾生紧紧地抱着桥柱死去。

如尾生一般的痴情男子凤毛麟角，而冷漠无情的薄幸者很多。他们总是发出"得成比目何辞死，愿作鸳鸯不羡仙"一般的山盟海誓，却无法兑现，独独苦了那些为情所伤的女子。

"直道相思了无益，未妨惆怅是清狂。"爱仿佛落满尘埃的蛛网，又仿佛树叶中理不清的脉络，让人怅惘哀戚。回眸远望，为了那个等也等不到的人，无数的痴情女子皆为自己的心上了一把锁，日日吟着断肠诗。爱的消散，是纠缠不已的心结，是隐藏不住的悲伤。如若不能放手，便只能惘然。

风来，我便在风中等你；雨来，我便在雨中等你。如此的一汪深情，或许正是万千女子期待的，爱情最美的呓语。

卷六　众生相

元代的市井有着宋代的繁华，也凝聚了元人的困苦和性灵的挣扎。在这里可以看到才子佳人、达官显贵、落拓文人、市井小民，也可以看到生活的玄机。

似芙蓉，落风尘

历史上曾有这样一群女人，她们面若桃花，仪态万千；她们言语娇嗔，歌喉婉转。多情的公子多为她们牵念，而世俗之人又将她们看得微贱。外在的绮罗纱绸不过是虚幻的华丽，深藏在心的悲哀则无法言说。她们，便是沦落在花街柳巷、秦楼楚馆中的风尘女子。

男子的逢场作戏，鸨母的无情盘剥，皆令她们空怀一腔愁情而无处哭诉。曾有无名氏作曲描摹鸨母的嘴脸："为几文口含钱做死的和人竞，动不动舍命亡生。"依照中国的传统殡葬习俗，亡人入殓之前需在其口中放几枚铜钱，意即封口钱，希望他化作鬼魂之后切莫再叨扰生人。即便是几文含于死人之口的铜钱，鸨母也要费力争夺。此曲将鸨母的丑态描摹殆尽，且道出几分世态炎凉。为了钱财，贪婪恶毒的鸨母不惜一切代价，甚至逼良为娼，毫不顾及他人的死生。在做鸨母之前，她们亦曾沦落风尘，然而，风尘中人不怜风尘中人，人性的可悲之处或许正在于此。

为了逃脱被无情玩弄或层层盘剥的命运，诸多风尘女子苦苦地挣扎着，她们拼命地学艺以抬高自己的身价与声名，希冀有朝一日能被懂得怜香惜玉之人收作妾室。对她们而言，若能觅得良缘，便是极大的幸运。然而，尘世险恶，正如关汉卿《赵盼儿风月救风尘》中的宋引章一样，待她们挣脱一个牢笼之后，又钻进另一个人间地狱。

少女时期的赵盼儿艳若桃李，妩媚动人。天真烂漫的她正如一切情窦初开的女子一般，曾无数次在梦中勾勒过自己意中人的模样。然而，时光匆匆而逝，光华日益褪却的赵盼儿才知燕雀要飞上枝头变身为凤凰，是可望而不可即之事。

十年风尘，坎坷不平的遭际令她深深地明白，真情就如水中的月亮一般缥缈迷离，这让她道出了自己进退两难的凄凉心境：若嫁一个老实憨厚之人，恐怕生计艰难，永无出头之日；而随了一个俊雅潇洒之人，又怕自己被轻易地抛弃。残酷的现实让她不得不清醒。因此，当她看到与自己同行的小姐妹宋引章抛弃了善良的穷书生安秀实，打算嫁给浪荡子弟周舍时，便坚决反对。

【胜葫芦】你道这子弟情肠甜似蜜，但娶到他家里，多无半载周年相弃掷，早努牙突嘴，拳椎脚踢，打的你哭哭啼啼。

【幺篇】怎时节"船到江心补漏迟"，烦恼怨他谁？事要前思免后悔。我也劝你不得，有朝一日，准备着搭救你这块望夫石。

关汉卿《赵盼儿风月救风尘》第一折

周舍是地方官之子，生性纨绔，长年混迹于秦楼楚馆，欺骗可怜的青楼女子。他看上汴梁城年轻美貌的妓女宋引章，便百般殷勤，用甜言蜜语，骗得她的芳心。涉世未深的宋引章，便毁了与安秀才之间的约定。赵盼儿料定周舍是"酒肉场中三十载，花星整照二十年"之人，一旦宋引章嫁给他，便是跳进火海，但宋引章仍毅然选择周舍并追随他回到故乡郑州。

果然，周舍很快便现出自己的本相，视女子为玩物，每不如意便把愤怒发泄在宋引章身上，而且声言："兀那贱人，我手里有打杀的，无有买休卖休的。"单纯的宋引章被周舍的温声细语欺骗，婚后生活却苦不堪言，无奈只能向昔日的好姐妹赵盼儿写信求救。赵盼儿比宋引章阅世更深，来往客人谁是真情，谁是假意，她都看得一清二楚。她早断言周舍娶了宋引章，不消多久就会对她"努牙突嘴，拳椎脚踢"，但意乱情迷的宋引章对赵盼儿的劝告置若罔闻，终究还是落入了周舍的圈套。最终，放不下曾经姐妹深情的赵盼儿暗中对宋引章说："我着这粉脸儿搭救你个女骷髅，割舍的一不做二不休，拼了个由他咒也波咒"，决计即便要牺牲自己的性命，也要于水火之中救出自己的姐妹。

数日之后，贪恋美色的周舍听说郑州新来了一位千娇百媚的名妓，便立刻前去一睹其风采，那位名妓自然是风尘仆仆赶来的赵盼儿。在赵盼儿巧设的妙计之下，周舍一步步落入陷阱。骗得周舍的休妻文书后，赵盼儿便与宋引章迅速逃离郑州。发现自己中计的周舍遂将一纸诉状呈上官府，扬言自己的妻子被拐骗他乡。哪知安秀才此时亦到了郑州官衙，状告周舍诱骗了自己的爱妻。公堂之上，两方对质，周舍自然理亏，终于得到官府的严惩。逃出虎口的宋引章从此便随安秀才回乡，过着简单却幸福的生活。

看着自己的小姐妹终于苦尽甘来，赵盼儿自然欣喜不已。尽管地位卑微，她仍与生活做着艰苦卓绝的斗争，至少，也要为搭救同是天涯沦落人的姐妹不遗余力。

这些可怜的女子，与生活万分艰难地纠缠，却仍难摆脱命运的嘲弄。在其他女人的眼中，她们始终是卑贱的。就连玩弄她们于股掌之间的男子，亦视她们为玩物，轻易便将她们抛弃。如《琵琶行》中的琵琶女一般，待到人老色衰之时，随意嫁与商人为妾，或许是她们最好的归宿。为了钱财出卖自己的身体与灵魂，实非她们所愿。这些飘零于世的女子又何尝不想与普通人家的女儿一样，嫁一个本分朴直的男子，安顺地度此一生？

或许，若每一个男子都如尾生、焦仲卿、荀粲般痴情，便可令许多女子足够平顺地度过一生，不负韶华。那些沦落风尘的女儿内心的苦楚，世人或许并不知晓，亦不愿揣度。

宋代话本小说《碾玉观音》中的璩秀秀，生在一个贫寒的裱褙匠家庭之中。她生得桃腮杏脸，婉风流转，且异常聪敏，绣得一手好刺绣。但因家境贫寒，她不得不服从父亲的意愿，嫁入毫无幸福可言的侯门——郡王府中。幸而，正值豆蔻年华的秀秀在郡王府内与才技俱佳的碾玉匠崔宁相互爱慕。一日，郡王府偶失大火，秀秀便鼓起勇气与崔宁在混乱之中一起私奔。

未料，逃至他乡的秀秀夫妻却难逃命运的诅咒，屡遭郡王及其手下郭排军的陷害，最终秀秀被杖责而亡，其父母亦因惊惧投河而死。对崔宁难以忘情的秀秀，其魂魄又回到崔宁身边，与他一同生活。让人难以想到的是，崔宁最终发现秀秀非人时竟担忧不已，不敢面对秀秀对他这份难得的真情。秀秀见他胆小怕事，懦弱不堪，遂拉他一起到地府做了一对鬼府夫妻。秀秀虽非沦落风尘的女子，但于高门深宅之中为奴为婢，亦不能把握自己的爱情与命运。无论是赵盼儿、宋引章，抑或璩秀秀，这些女人为了爱情可以不顾一切，奈何却总是遇人不淑，被虚假的爱情弄得遍体鳞伤。

这些陷于泥淖的女子，本有玉骨风姿，仿佛朵朵恣意绽放的芙蓉，却因有难以诉之于人的苦衷而投身风月。面对生活的不公，她们没有选择颔首低眉，而是以自己不屈的气节傲立于污浊尘世，这恐怕令诸多七尺男儿都要汗颜。若非生活所迫，哪家的女子甘愿沦落风尘？回首而望，在凄冷的夜月之下，笙箫管弦的喧闹之处，总有人辗转难眠，幽咽着，憔悴着，孤独地衰老着。

枝头露，自在心

唐代陆羽在《茶经》中说："茶之为饮，发乎神农氏。"华夏农业之祖神农，于千山之中遍尝百草，历经艰辛，终将何种草木可以烹食，何种草木可以入药，一一传授于自己的子民，立下盖世功劳。而神农亦是茶的发现者，据传，有一日他在野外以釜煮水，恰有几片叶子缓缓飘入釜中，片刻之后，釜中的水便现出清亮的微黄之色。神农饮用之后，觉得甘甜止渴，精神焕发，便将此草命名为"茶"。自此，茶便成为炎黄子孙必不可少的饮品。

或于暮春之初，或于流火盛夏，抑或是腊月寒冬，无论在哪个时节，喜慕雅致之人总是邀上几位好友，一同品茗。亭台之上，楼阁之中，处处可见文人雅士一边品饮新茶，一边清谈阔议的景象。士人爱茶，亦不吝作辞文咏茶，历朝历代皆有咏茶的名句，如白居易的"室香罗药气，笼暖焙茶烟"赞其香气，郑谷的"合座半瓯轻泛绿，开缄数片浅含黄"称其清色。元代的曲人李德载亦写有十首赠予茶肆的小令，这十首小曲，没有华丽的辞藻，没有别致的修饰，却洋溢着一种返璞归真的憨态与自然。

茶烟一缕轻轻扬，搅动兰膏四座香。烹煎妙手赛维扬。非是谎，下马试来尝。

蒙山顶上春光早，扬子江心水味高。陶家学士更风骚。应笑倒，销金帐饮羊羔。

金芽嫩采枝头露，雪乳香浮塞上酥，我家奇品世间无。君听取，声价彻皇都。

李德载《阳春曲》

元代，茶肆鳞次栉比，随处可见，烟柳繁华的元大都甚而"茶楼酒馆照晨光，京邑舟车会万方"。于闲时与友人坐于茶馆，捧一杯茶，叙两三事，是极好的消遣。

元人王祯有言："夫茶，灵草也。种之则利博，饮之则神清。上而王公贵人之所尚，下而小夫贱隶之所不可阙，诚生民日用之所资，国家课利之一助也。"由此可见，在当时，无论是贩卖货利的贩夫走卒，抑或是尊享荣华的宫廷贵族，日常生活中皆已离不开茶。李德载《阳春曲》中这些诙谐戏谑的文字，将如何烹茶、饮茶、采茶一一道来，不管是为茶客之娱，抑或是为广而告之，皆新鲜有趣，于感时伤世、即景叙事的散曲小令之中，另开了一种别样的风气。

若要煮一壶茶是容易的，但要煮一壶好茶则绝非易事。李德载的首曲便写自己如何烹茶。一缕茶烟升腾，让人好似进入如梦似幻的深山之中。茶烟之后仿佛是空蒙缥缈的山色，令人目眩神迷。烹茶所用的兰脂香膏缓缓地燃着，散发出清幽的香气，令人心神相宁。李德载自夸，自己亲手煮的茶可赛过陆羽煎的茶，若谁不信，便可停鞭下马亲自来品尝。

民间流传，扬州的陆羽始创煎茶之法，而此法一直被后人沿用。茶有不同的烹制方法，如"点茶"是用沸水泡茶，而"煎茶"则指水茶同煮。"维扬"是扬州的别称，元时，扬州虽不及大都、杭州等城市繁华，却亦是人客往来络绎不绝之地，如唐代徐凝《忆扬州》诗："天下三分明月夜，二分无赖是扬州。"天下的三分繁华，扬州要占去二分，而此处的茶亦不是普通的茶了。李德载称自己所说皆非谎言，并请顾客亲自入馆品尝，其言辞语调颇像一个立于酒肆门前招徕顾客的店小二，令人不禁哑然失笑。

既是招徕往来的顾客，李德载便不得不夸赞自己所烹制的茶饮用时的妙处。原来，他泡的茶之所以如此沁人心脾，是因为他用的茶叶为著名的四川蒙顶茶，泡茶之水为江苏镇江金山之西的中泠水。蒙顶茶奇香无比，自唐代起便极负盛名，难以胜数的文人墨客皆有诗文称赞；而"扬子江心水"的来源亦非寻常，它取自扬子江滩涂上的金山中泠泉，此泉曾被唐朝的刘伯刍赞为"天下第一泉"。使用最佳的茶叶与最佳的茶水，自然泡出非同一般的香茶。手执香茶一壶，李德载自认比陶公还要逍遥，比在销金帐内享用玉盘珍馐、金樽佳酿的王公权贵还要多几分安逸自在。

据《元史·食货志》载，京都"百司庶府之繁，卫士编民之众，无不仰给于江南"。扬州风物繁盛，是茶叶的多产之地。加之南北的客商来来往往，此地亦是繁华之所。李德载称自己泡制的茶，上至帝王、下至百姓都争相饮用，虽有言过其实之嫌，但在当时的扬州，未尝不是不可能之事。

李德载对自己所泡制的茶极力叫卖，足见他对茶的喜爱。然而，在煮茶与饮茶之外，采茶或许别有一番趣味。宋人宋子安《东溪试茶录·采茶》中言："凡采茶必以晨兴，不以日出。"早起采茶，方能采得嫩茶。因而李德载于清晨披衣早起，伴着将明未明的黎明，独往深山。他将尚带甘露的嫩茶尖从枝头采下，配以浓香的雪乳，煮出举世无双的极佳奶茶。元朝由蒙古人统治，蒙俗于城市之间亦十分流行，雪乳正是塞外民族所饮的奶茶。李德载说，普天之下，只此一家货卖此种饮品，便不能怪它的声价高涨。

唐代卢仝《走笔谢孟谏议寄新茶》诗中有言："一碗喉吻润；二碗破孤闷；三碗搜枯肠，惟有文字五千卷；四碗发轻汗，平生不平事，尽向毛孔散；五碗肌骨清；六碗通仙灵；七碗吃不得也，惟觉两腋习习清风生。"诗人刚饮一碗茶，便可滋润喉咙，止渴生津；再饮一碗，积郁在胸中的孤寂沉闷之感便随即消失；三碗四碗下肚，文采顿生，不快皆散；饮了第五碗，通身舒畅；第六碗饮后，则如入朦胧的仙境；而第七碗，诗人无论如何是不能再喝了，因为此时他只觉两腋生风，简直要化作仙人乘风而去。卢仝的这几句诗，犹如神来之笔，将茶的种种妙用书写得淋漓尽致。

数千年来，中国一直是茶的故乡。中国人不仅种茶、品茶，更在这小小的茶叶中寄寓着博大精深的华夏精神。"四大皆空，坐片刻不分你我；两头是路，吃一盏各走东西。"洛阳古道茶亭的这一楹联，蕴含着乐观畅达的佛家智慧。沏茶、赏茶、品茶，如此种种，不仅可令人修身养德，陶冶性情，亦可拔除深植人心的杂思俗念，令人豁然开朗，闲逸自在。

元代时，儒、释、道在中国并行，乃至伊斯兰教、基督教亦受到元朝统治者的优容。在信仰自由的社会之中，茶亦绽放难以掩去的华彩。佛教的茶宴之上，一股清泉自高而下，盏中清浅，茶叶旋和，明心见性；道家品茗之时，多寻求空灵虚静之地，空山不见人，却有悠悠的茶香溢向远方，避世超尘；追求经邦济世的儒家则以茶明志，在小小的杯盏之中，看茶叶浮浮沉沉，心中思索着如何以自己的襟怀报国，修身齐家，治国平天下。

品茶，亦是中国人对天人合一观念的遵从。与旷远无边的宇宙相比，人类渺如浮尘。若不能与天地间的万物同生共荣，便要遭受大自然的背弃。周作人先生说，茶之道给予人们的是于微苦中见甘甜的和合之味，在不完全的现实中享受美与和谐，在刹那间享受永久。或许，李德载调笑之间对茶的看法正与此相同。

倾一盏清茶，一饮而尽，茶的余味不尽之处，正是淡泊悠远、物我两忘的化境。无论是谁，都将在茶纯粹的色泽与香气之间寻得刹那的清闲，于茫茫尘世中享受心灵片刻的宁静。

温柔乡，寻慰藉

在变幻莫测的时代中，那些气吞山河、英姿豪迈的人，总能叱咤风云、流芳千古。而大多人，皆因在时代面前无力抗争而沦为历史的尘埃，很快便被世人遗忘。

动荡纷乱的蒙元时期，亦是一个令人无力挣扎的时代。科场考试毫无定期，诸多儒生的仕进之路便因此遭到阻绝，这使得他们只能浮沉于穷苦潦倒的生活之中。元代的剧作家石君宝便曾于其剧作《秋胡戏妻》中，道出"儒人不如人"这般令人不胜哀戚的感慨。在"十儒九丐"的社会等级划分下，那些无意于宦海的文人，或毅然隐逸于林泉，或流连于坊曲市井，宁愿为世俗所弃，也不愿抛弃自己遗世独立的品性。

地位卑下的诸多文人，心中大抵皆郁积着难以遣散的怨怼。张可久曾自叹读书无用，乔吉痛感宦海无情，关汉卿笑骂人间，而只愿问道的邓玉宾父子，决意退守深山，甘当一介逸民。钟嗣成《录鬼簿》中单为"门第卑微，职位不振"者立传，或许正是因为他同在此列，不愿就此被时代之洪流所淹没。

盼功名无望，求富贵无门，诸多士子文人或以笔抒写济世之志，或难以摆脱红尘的捉弄，便与功名利禄挥手作别，轻声地对自己道一句"省的也么哥"，而后隐世退避。然而，还有那么一些士人，在功名富贵难以求得之时，便转向秦楼楚馆，夜夜欢歌，希冀能于柔情蜜意的情场之上获得些许安慰。

　　士人怀抱游戏红尘的心情前去,自然难觅真挚的爱恋,卢挚与珠帘秀悲苦的情感便是一个例证。世人虽不能笃定是卢挚负心,但珠帘秀是当时的梨园名伶,纵然面如芙蓉,才艺过人,身处社会底层的她又何以与身为显宦的卢挚长相厮守?

　　舞台之上,无论是张生与莺莺喜结连理的《西厢记》,抑或是张倩与王文举生死不弃的《迷青琐倩女离魂》;无论是大家闺秀,抑或是小家碧玉,这些才貌俱佳的女子每与家道渐衰、潦倒落魄的文人相遇相爱,总要经历一番磨难方能成为眷属。久于杂剧舞台上演绎悲欢离合的珠帘秀自然懂得,尽管是那些比自己出身优越的女子,亦要经历重重的困难方能与自己所爱之人长相厮守,而地位低微的自己又如何守望幸福?或许,美满的结局只存于舞台之上,而戏剧之外,鲜有相守终生的神仙眷侣。

　　沦落风尘的女子终与所爱之人配成鸾俦的,樊事真或可算作一个。柳眉杏眼的樊事真是元大都的名妓,与当朝参议周仲宏相恋多年。无奈政令一下,周仲宏不得不远行至江南为官。临行前,樊事真于齐化门外为他饯别,二人难舍难离。一往情深的樊事真将一樽酒泼于地上,立誓不再抛头露面,以色示人,若有负于他便自毁一目。

　　然而,或许是老天最爱与人玩笑,周仲宏走后,一个纨绔公子偏偏看中了樊事真,要与她交好。鸨母畏惧其权势,又贪恋其钱财,便日日逼迫樊事真开门迎客,被逼无奈的樊事真反抗不得,只得违背自己的誓言。不久,周仲宏回到京中,樊事真将他走后发生的事一一哭诉与他,她话音刚落,便拔下头上钗戴的金簪刺向自己的左目。见樊事真如此刚烈,周仲宏又是骇然又是心痛,便将她从妓院中赎出,自此两人欢好如初。

　　世人皆以此为感人至深的良缘佳话,但这段故事并非常人眼中那般终得圆满。周仲宏临行之前,曾对樊事真言辞切切地叮嘱:"别后善自保持,勿贻他人之诮。"他不愿樊事真再露面交际不过是为了维护一己之尊严,不愿自己沦为他人的笑柄,而非对樊事真一往情深,不愿她再受豪门子弟的摧残蹂躏。若周仲宏当真是情真意切地爱她,便不会令她发如此毒誓，更不会于重逢之时不顾她的处境，任她残毁自己如花的容颜。

似樊事真一般，歌伎名伶欲嫁入一户良善的人家，平顺地度过此生，实是难上加难。元代前期的梨园名妓天然秀，因夫君早亡而一嫁再嫁。世人对此颇有指摘，但仔细想来，一个无所倚傍的女子要于残酷的现实之中，独自承受生活的风霜，岂不是辛酸之外，愈加几分辛酸？无奈，自私无情的士人从不会想到这一层，若在温柔场中失意，他们便将怨气撒在那些风尘女子的身上，写出些刻薄的辞令。

没算当，不斟量，舒着乐心钻套项。今日东墙，明日西厢，着你当不过连珠箭急三枪。鼻凹里抹上些砂糖，舌尖上送与些丁香。假若你便铜脊梁，者莫你是铁肩膀，也擦磨成风月担儿疮。

刘庭信《寨儿令·戒嫖荡》

刘庭信虽然貌丑，风流才子的名号却响彻南北。他是风月场中的常客，与众多歌伎、妓女相结为友，但颓丧之时，亦不免埋怨她们的无情。他声言自己丝毫不会算计，亦不会细细地斟酌思量，因而轻易地便被骗入那些女子设好的圈套之中。因抵不过妓女三番五次拉扯他的衣袖，他便于东墙、西厢之间，日日与她们交游笑谈。

东墙、西厢，皆是男女幽会之所，分别源自王实甫的《西厢记》与白朴的《东墙记》，在刘庭信的曲中则指他与妓女相会的妓馆。身在群芳之中，刘庭信甘愿化身为一只蝴蝶，日日流连于花丛之中，因为那些温婉如水的女子嘴里含了蜜糖幽香，挪一挪杨柳腰肢，说几句温言软语，世人纵有强健不屈的铜脊梁与铁肩膀，亦会甘愿陷落。

《录鬼簿续编》评刘庭信："风流蕴藉，超出伦辈，风晨月夕，惟以填词为事。"世人皆言他善于写缠绵悱恻的闺情，而他的这曲《寨儿令》并不见他的一丝惜玉怜香之意。或许，在刘庭信这般的文人眼中，风月场中的女子就如一株美丽的曼陀罗，典雅动人之外，更有令人肠断的剧毒。那些士子文人难以揣测她们究竟是真情，还是假意，故而不惜对她们施以恶言。杨显之于杂剧《郑孔目风雪酷寒亭》之中塑造的妓女萧娥，便是饱受世人贬斥的祸水红颜。

孔目郑嵩与妓女萧娥交好，为了与她长相厮守，便特意去请求当地的府尹，为萧娥除去了娼籍。萧娥从良之后，希图郑嵩的财产，便打算嫁与郑嵩。然而，郑嵩与其妻萧县君感情甚笃，一时还不能将萧娥收为妾室。

一次，郑嵩出门后久久未归，萧县君为使丈夫早日归来，便谎称自己已死。出人意料的是，萧娥竟去郑家哭丧，道出了自己与郑嵩暗通款曲之事。萧县君一气之下猝然而逝，萧娥便自然而然地成为郑嵩的夫人。然而，此时的萧娥却背弃了郑嵩的情义，待郑嵩出门之后，她便偷偷地虐待郑嵩与前妻的儿女，还与卑劣的泼皮无赖高成私通。郑嵩发现了实情后，一怒之下将口蜜腹剑、阴险狡诈的萧娥杀死，但自己深陷囹圄，被刺配沙门岛，多亏他的义弟绿林好汉宋彬相助，才得以逃脱牢狱之灾。

无论是以散曲表情的刘庭信，还是以杂剧遣怀的杨显之，二人皆不过是借薄情的女子倾泻自己情场失意的愤懑，抑或是排遣自己仕途落寞的感怀，而有的文人则对这些沦落风尘的女子有着最真切的同情。

宋朝的柳永与元时的多数文人相同，曾数次参与科举，却屡屡落榜，内心的挫败感与苦闷难以言说。仕途失意的他便一头扎入市井之中，一度成为混迹于歌楼妓馆的浪子。他虽有时亦不免与歌伎逢场作戏，但更多的时候，他对那些沦落风尘的女子充满了同情与怜悯，而非刘庭信般的埋怨或杨显之般的责难。

在长期出入于秦楼楚馆的柳永看来，那些妓馆中的女子皆"心性温柔，品流详雅"，不仅有婀娜多姿、娇羞可爱的体态，更有能歌善舞、技压群芳的风流。他知晓那些女子曲折萦回的心事，因而在《迷仙引》一词中道："算等闲、酬一笑，便千金慵觑。常只恐、容易蓦华偷换，光阴虚度。已受君恩顾，好与花为主。万里丹霄，何妨携手同归去。永弃却、烟花伴侣。免教人见妾，朝云暮雨。"柳永深知，这些女子为了生计，不得不强颜欢笑、空负韶华，但其内心实有对幸福的真挚渴望。故而，他深切地悲悯着这些深陷泥淖的女子，当时的歌伎亦因此对他万分感念。

待欢情破灭之后，便将怒气诉诸笔端的文人，并非值得托付终身的有情之人。他们或许从不知晓，需要慰藉的不但有仕途失意的七尺男儿，更有不可胜计的羸弱女子。

红尘路，道在心

野史笔记之中，有关帝王将相的逸闻俯拾皆是。在众多的民间传说之中，便有一则关于成吉思汗向丘处机求长生药方的故事。

长春子丘处机生于宋末，是当时有名的道士，乃全真教"北七真"之一。元太祖成吉思汗将近年老之时，思及江山还未安定，自己却将鬓白如霜，便希冀能用道教的仙丹来令自己永生不老。他听闻中原道士丘处机法术过人，便于西域雪山召见他。求药心切的成吉思汗，迫不及待地问丘处机世上是否真有不老之药。丘处机捻须摇头，缓缓地道：世上确有养生之法门，却无长生之仙丹。勤政爱民方是敬天之本，而清心寡欲才是永生歌诀。

听闻了丘处机言辞简洁却令人品味不尽的一席话，成吉思汗恍如醍醐灌顶，幡然醒悟。他终于明白，道家的长生不老之法是养身修心，而非修炼法术，成仙飞升。成吉思汗信服并感念于丘处机所说之言，遂为他在元大都修建了一座白云观。自此，道家在元朝的地位亦逐日高升。

元朝开国之初，宗教政策较为开明，三教九流并行于世。元世祖忽必烈对张天师道人一脉极为推崇，道教名山武当山更是元朝帝王心中的圣地。然而，元朝此后的统治者虽亦对道家推崇备至，却是为了麻痹百姓，愚弄世人。故而，虚浮的道学之风一时兴起，有些人痴迷于虚妄的"炼金术"，即便倾家荡产也在所不惜。

在痴迷道家的人中，还有难以计数的文人。因仕途之路艰险难攀，不得志的他们便去求仙问道。在寻访名山之时，他们曾提笔写下了许多的道情曲。这些曲辞读来虽有些许淡泊闲远之感与白云远山之趣，而其单薄的意蕴，却有矫揉造作之嫌。

人生底事辛苦，枉被儒冠误。读书，图，驷马高车。但沾着者也之乎，区区，牢落江湖，奔走在仕途。半纸虚名，十载功夫。人传《梁甫吟》，自献《长门赋》，谁三顾茅庐？白鹭洲边住，黄鹤矶头去。唤奚奴，鲙鲈鱼，何必谋诸妇？酒葫芦，醉模糊，也有安排我处。

张可久《齐天乐过红衫儿·道情》

对功名彻底失望之后，张可久不禁产生了向道之念。人生一世，不过白驹过隙，头戴儒冠一片忙忙碌碌，到头来却不过是一场虚空。为了金榜之上一个无用的浮名，倏然间便抛却了自己的十载光阴。张可久暗道：昔日，诸葛亮题写一篇《梁甫吟》，司马相如亲献一篇《长门赋》，便得遇明主，而自己亦是才华横溢，为何不曾有贤明的君王三顾茅庐？报国无门的苦闷日日搅扰张可久，如此，他便只能遁世而去，安居在白鹭洲边，黄鹤矶头。

张可久此曲，既充溢着消极厌世之思绪，亦暗含道家遁世的虚无理念。但他的言语之间，仍对仕途怀有似无实有的希望。归根结底，他难以冲破世俗的藩篱。在崇尚功名的尘世与毫无羁绊的天地之间，俨然有一道难以逾越的壁障。仍牵恋仕宦的张可久无疑是难以跨越这道壁障的，因为他的"道情"仍有太多隐秘的"机心"。

一个空皮囊包裹着千重气，一个干骷髅顶戴着十分罪。为儿女使尽些拖刀计，为家私费尽些担山力。您省的也么哥？您省的也么哥？这一个长生道理何人会？

邓玉宾《叨叨令·道情》

生在元世祖至元文宗年间的邓玉宾，刚刚做官不久，便辞官而去，深入远山修道。他自谓"不如将万古烟霞赴一簪，俯仰无惭"。宁愿头插一支木簪，与世隔绝，于天地无愧，也不愿在宦海中浮沉，屈心抑志。邓玉宾此曲同样写道情，却比张可久的道情更加纯粹、自然，对"道"的理解更深一重。

"皮囊"一词源于佛家，意即人之躯壳。在佛家之人眼中，潜心修炼而至涅槃之境者，便可将这空空的躯体抛却，拥有不灭的灵魂。道家认为，人的躯壳内有千重"元气"，是类似于灵魂一样的东西。若要守住元气，便须清心寡欲，以防泄了真元。而"干骷髅"一词的渊源则在道家的重要典籍《庄子》一书中。

据《庄子·至乐》载，庄子路遇一副骷髅，枯骨凸露，现出自己的原形。庄子遂用马鞭从旁敲了敲它，且问它道：你是因战乱而亡还是被诛而死？是因行为不端，给父母子女带来忧患而自尽，还是因罹患饥饿而卒？抑或是，你春秋已尽，便寿终正寝？

这骷髅自然没有言语，庄子遂携此骷髅而去，夜晚用作衾枕。未料，夜半之时，枕于庄子头下的骷髅竟托梦于他，说庄子所言的皆是人间的种种负累，唯有一死方能从这些纷扰之中解脱。当庄子说他可请主管生命之神助他重新长出骨肉肌肤返回人间，问他可否情愿之时，骷髅却皱着眉头，断然拒绝，绝不愿意再次经历人间的辛苦。

骷髅的超脱令邓玉宾惊骇，亦令他感慨万千。人的破皮囊与干骷髅，若能守得清静便可保存元气，得以长生，若背负着种种罪孽便心忧不已，生不如死。为了子女使尽心力，不惜频施计谋；为了丰盈家资，不惜耗费担山之力。若可省去这些无谓的辛苦，人便能长命永生，幸福安乐。

邓玉宾曲中所写的"长生道理"，与丘处机对成吉思汗的劝谏实是相通的，足见他是真正地向往闲云野鹤的日子，而张可久似在宣泄自己的满腹牢骚与苦涩。

《红楼梦》中，一个疯狂落拓、麻鞋鹑衣的跛足道人对甄士隐所唱的《好了歌》，写出世人种种难以放下的执念，"世人都晓神仙好"，却终忘不了功名、金银、娇妻、儿孙。然而，纵然世人忘不了功名，奈何古今将相都将化作荒冢一座，被人遗忘；忘不了金银，奈何聚金拢银之后，斯人便驾鹤西去；忘不了娇妻，奈何夫君在时日日恩情，夫君死之后娇妻便随他人而去；忘不了儿孙，奈何从来多见痴心父母，却鲜有人闻孝顺子孙。

红尘之中的人们，的确有太多欲念，若放不下这些羁羁绊绊，便不能快乐逍遥地度过短暂的一生。虽有人满口对道的向往，却鲜少有人真正如庄子一般，抛开一切功名利禄之心，甘愿"一以己为马，一以己为牛"，无论他人如何诽谤自己，皆能守住自己那颗淡泊之心。佛家《智度论》中有言："善心一处不动，是名三昧。""三昧"即谓摒除杂念，保持心境的平和宁静。它是佛家重要的修行之法，与道家所追求的心灵平和亦是共通和谐的。

或许，无论是佛教，还是道教，皆不过是士人寻求解脱的路径。心魔难除之人，即便是遁入深山，亦不能割断尘缘，修得真正的道。真正的道，唯在自己的一颗心中。

生无定，死有期

旧时，人们惯于将尘俗之中的人分为三六九等，因而有"三教九流"之说。"三教"自然是指儒、释、道，而"九流"中的人则鱼龙混杂。三百六十余种行业，究竟哪些可算作"上九流"，哪些可归于"下九流"，人们或许可从当时流行的一首民间小令中窥得一二。

那首小令唱道，"上九流"指：一流佛祖二流天，三流皇上四流官，五流阁老六宰相，七进八举九解元。"中九流"有：一流秀才二流医，三流丹青四流皮，五流弹唱六流卜，七僧八道九棋琴。"下九流"则为：一流高台二流吹，三流马戏四流推，五流池子六搓背，七修八配九娼妓。

曲中所唱的被划为"下九流"中的人，多是处于社会底层最为社会所轻贱之人，他们为谋生计，日夜辛苦，劳心费力，却仍敌不过豪门强权，依旧于社会底层苦苦地挣扎，不禁让人有"朱门酒肉臭，路有冻死骨"之感。

有钱，有权，把断风流选。朝来街子几人传，书记还平善。兔走如梭，鸟飞如箭，早秋霜两鬓边。暮年，可怜，乞食在歌姬院。

刘时中《朝天子》

史载，刘时中与文子方、邓永年等数位友人同登凤凰台，同游洞庭湖，逸兴豪发之时，曾写下大量以《朝天子》为曲牌的小令。这些曲令或书写小桥流水的江南风情，或抒发物是人非的沧桑之感。而这般慷慨地大骂不学无术、眠花宿柳的纨绔子弟的曲作，唯有这一首。

此曲中，那个有权有势的得意少年，总是美装华服出入于花街柳巷之中。仗着权势，他把断了城坊之中的烟花之所，日日流连于秦楼楚馆，狎妓风流。每至夜晚华灯初上之时，他家中的府丁便会将他此夜在外的留宿之地报于家中，以令家人知晓他平安无事。

相传，杜牧当年在淮南节度使牛僧孺的幕府之中任掌书记时，每夜亦至歌楼妓馆中留宿。为防杜牧遭政敌暗害，牛僧孺便分派府中的几个巡夜人一路跟随于他，在妓院外面守卫。令人遗憾的是，这个少年枉有杜牧一般的风流，却没有杜牧的才气。在家人的放纵与自我放逐之下，他将自己最好的韶光都付与烟花巷中。时光荏苒，昔日的美少年俨然已变成垂垂老矣的翁叟，败光了家资的他无所凭依，便只能回到自己年少时曾流连不已的妓馆门前，乞食饱腹，苟且偷生。

世人常言，人不风流枉少年。但一人若不通文墨、浑浑噩噩，纵是风流少年也自惘然。刘时中与友人于野外郊游，月夜泛舟之时，或许正是听闻了某些豪门子弟的风流逸事，一时难以自抑，方才一改平日温柔敦厚的面貌，生发出这般慷慨激昂、愤世嫉俗之感慨。

人若从"上九流"沦为"下九流"，容易至极，而要从"下九流"一跃而跻身于"上九流"之中则难于登天。尽管如此，世人仍对功名利禄趋之若鹜，不惜一切代价也想要跨入风光无限的上层之中。

然而，"上九流"的社会纵然有耀眼的华彩，其中之人却并非都是明主贤臣，人中龙凤。那些威风凛凛、盛气凌人的武将，或许当下的风头早已盖过孙子、吴起，却只会纸上谈兵，胸无点墨；那些锦帽貂裘、举止不凡的文臣，或许时常指点江山、激扬文字，却日日饮酒作乐，醉生梦死；那些高风亮节、树碑立传的才士高官，或许出口便可吟得锦绣文章，却不甘忧国奉公，以身许国。在一个毫无律令纲纪可言的国家之中，贪官污吏横行，民俗道德败坏，百姓又如何男耕女织、安居乐业？

刘时中痛斥那些金玉其外、败絮其中之人，亦是在含蓄委婉地言明自己对朝廷任用奸佞的不满。身为一介书生，刘时中将自己的温文尔雅深藏，而将自己的一腔义愤注入此曲的字里行间，这般气节不禁令人喟然而叹。

若说刘时中是一时激愤而写下这首《朝天子》的讽喻曲，元人张可久则是因自己直率的品性而挥笔写下诸多讽世之曲。

人皆嫌命窄，谁不见钱亲？水晶环入面糊盆，才沾粘便滚。文章糊了盛钱囤，门庭改作迷魂阵，清廉贬入睡馄饨。胡芦提倒稳！

张可久《醉太平·无题》

在张可久的眼中，整个蒙元王朝是一个悲剧的制造地。生于元朝浊世中的人，皆心思恶浊，追逐钱财。一个本质纯洁明如"水晶环"的人，进入混沌如大面糊盆般的俗世，便立刻被浸染成卑劣龌龊、寡廉鲜耻之人。写好的文章本应经国济世，人们却拿去黏糊钱袋的缝隙；家中的门庭本应待友迎客，如今却成了世人慎入的陷阱；清廉之人本应受到拔擢，却皆遭打压，软弱如睡倒的馄饨。

"胡芦"既是"糊涂"的谐音，亦是酒葫芦的简称。世俗中的种种丑恶罪戾，曲人自是言说不尽，然而，张久可单用"胡芦提倒稳"五字，便表明了自己的心迹。罢了，自己不愿在官场这一染缸之中浮沉，便携一只酒葫芦归去。日饮两盏淡酒，无拘无束、来去自如的生活，倒更闲逸安稳。

佛教以色欲、形貌欲、威仪姿态欲、言语音声欲、细滑欲、人想欲为六欲，处于滚滚红尘之中的人，多半都戴上这些枷锁，心事烦扰，难展眉头。然而，这些肤浅薄俗的欲望当真无法摆脱？

后人言，元代的有识之士是有心扭转乾坤，却无力回天。在金钱与权力的利诱之下，世人大多甘愿做其奴隶。但有些人，偏偏不愿随世流俗，始终于浊世之中洁身自好，傲然独立。

《辽史》载："（耶律和尚）嗜酒不事事，以故不获柄用。或以为言，答曰：'吾非不知，顾人生如风灯、石火，不饮将何为？'晚年沉湎尤甚，人称为'酒仙'云。"因善诙谐滑稽，耶律和尚屡次擢升，然而天性崇尚自由的他，唯喜欢纵酒欢饮而不喜被公务缠身。在他眼中，人生就如风中的孤灯，石击的火花，转瞬之间便会熄灭。如此，世俗的眼光何必还存留心上？看破红尘的耶律和尚遂终日与酒为伴，被时人美称"酒仙"。

人人都渴慕过一种欢乐闲适的日子，但烦恼常常不请自来。愤怒、悔恨、埋怨、落寞，纠缠不尽的忧思总是萦绕于世人脑海。然而，生时，或许有人贫贱，有人富贵，有人安闲，有人繁忙，但百年之后，人人都将化为一堆枯骨，埋于郊野的荒冢之中。如此看来，无论是"上九流"，抑或是"下九流"，皆可对人生之中的种种机缘巧合付之一笑。宋时释印肃的《颂证道歌·证道歌》诗云："生死悠悠无定止，改头换面嗔复喜。"人皆有一死，殊途同归是天地之间最无情的命定。

卷七 思古意

历史可以埋没逝去的青史，激起今世的尘埃。从古语里觅得真趣，无论哪一个时代的人都会。对人生有太多感慨的元文人怎肯错过用一场场历史正剧，以讽喻当下的是非黑白呢？

千载事，一笑休

元世祖至元五年（1268），径数次遴选之后，少有才华的卢挚荣登进士之榜，且位居前列。不久之后，他便被任以翰林院集贤学士一职，正是春风得意。

元代的集贤院源于唐时所设的文学馆，后为元代所继承并加以革新。最初的集贤院是一个文书办事机构，专门负责"经史子集"的编定。而后，元朝将翰林院与一些其他机构的职能并入，增编了数个部署。最初，集贤院中的学士为最高官职，至元二十二年（1285），卢挚所担任的学士之位官阶稍降，仅次于大学士。因而，年纪尚轻的卢挚便入选学士之位，自是前途无量，大有可为。然而，若失去了君王的宠幸，臣子的心便如坠深渊。

朝瀛洲暮叙湖滨，向衡麓寻诗，湘水寻春。泽国纫兰，汀州搴若，谁与招魂？空目断苍梧暮云，黯黄陵宝瑟凝尘。世态纷纷，千古长沙，几度词臣！

卢挚《蟾宫曲·长沙怀古》

唐时，入选文学馆即被称为"登瀛洲"。成功登上"瀛洲"的卢挚，清晨尚且在朝堂中处理政务，傍晚却已被放逐到遥远的南方。朝夕之间，不过数个时辰，个人的际遇却已天差地别。

集贤院学士是皇帝的机要秘书与求策谏臣，与皇帝的关系十分亲近。卢挚担任集贤学士不久，便被外放至湖南，虽仍保有此官衔，但他到了远离京城的蛮荒之地，如花似锦的前程瞬间便成为镜中之花，经世济民的抱负顷刻间便幻化为水中之月。念及此，卢挚便无限怅惘，痛若剜骨。

行至长沙，悒悒不快的卢挚有感于眼前的风物，遂写下这首《蟾宫曲》，寄寓一腔愁情。既然天难遂人愿，何不伴着眼前的美景佳迹，随遇而安呢？于是，卢挚便转向四周的山山水水，在其中寻找清新的春意，寻找温情的诗章。

卢挚在衡山之麓遥望，于湘水之滨漫步，岸芷汀兰散发的幽香丝丝沁入心脾，令他心旷神怡。看着眼前的漫天芳草，卢挚的脑海渐渐浮现出早已作古的屈原与宋玉的影子。千百年前，"纫秋兰以为佩"的屈原因屡遭诽谤，自沉汨罗江而死，仕途阻塞而年逾六旬的宋玉追忆屈原，独在江边沉吟《招魂》。那些璀璨的人物皆随江水而逝，如今，如宋玉一般肯为屈原招魂的又有几人？在湘水江畔，卢挚难以抑制心中的悲情。他极目远望苍梧山与黄陵庙，不禁又想起了舜帝与他的两个妃子娥皇、女英的传说，思古之情油然而生。

司马迁曾于《史记·五帝本纪》中载，舜"南巡狩，崩于苍梧之野。葬于江南九疑，是为零陵"。卢挚眼前的苍梧山便是舜的安眠之处。舜与娥皇、女英二妃的故事载于北魏郦道元的《水经注》，此书中言，忠贞不渝的娥皇与女英，得知舜亡的噩耗之后悲痛异常，便共投湘水，为舜殉情。后人被二人的真情打动，故在洞庭湖畔修建了一座黄陵庙，为她们献上深切的怀念与哀悼。

但如今，黄陵庙中湘妃的宝瑟之上积满了厚厚的尘灰，湘灵鼓瑟的悠悠乐音世人永远难以听闻。沧海桑田，世事纷扰，卢挚的心情非但没有好转，倒添了几许哀伤。

卢挚吊古追今，不禁黯然神伤。长沙湘水之畔蛮荒僻远，历史上曾有无数的迁客骚人埋身于此。卢挚亦担心自己会终老此地，不能再回京为帝王分忧解难。身为朝臣的士人，最担心自己的赤胆忠心被帝王忽视，因而常有"我本将心向明月，奈何明月照沟渠"之慨叹。

　　在江南游宦数年的卢挚，登临凭吊，不免生出许多时势兴衰的感慨，故而以《蟾宫曲》为曲牌写了十余首怀古曲。这些古曲或慷慨激昂，以舒壮志；或感时伤世，黯然超尘。他借对千秋万世的感叹，肆意地倾泻着郁结在自己心中的不满。人生理想幻灭之后，曲人本欲在山水之中觅得心灵的宁静，奈何风云散去后的遗迹总令他感慨万千。

　　问黄鹤惊动白鸥，甚鹦鹉能言，埋恨芳洲。岁晚江空，云飞风起，兴满清秋。有越女吴姬楚酒，莫虚负老子南楼。身世虚舟，千载悠悠，一笑休休。

卢挚《蟾宫曲·武昌怀古》

　　辗转到了湖北武昌的卢挚，亦是郁郁寡欢。一日，他登临名闻天下的黄鹤楼，想召来那只传说中的黄鹤，向它探问：为何"鹦鹉"这般的善言之鸟亦有遗恨埋于这芳洲之中。却不期然，洲边的白鸥被惊动，扑棱一声，飞向天际。芳草萋萋的鹦鹉洲，历来令迁客骚人的心境惆怅难平。立于此洲之上，卢挚蓦地想起葬身此地的汉末才士祢衡。

　　祢衡极富才华，能言善辩，却因恃才傲物、桀骜不驯，相继得罪了曹操、刘表等人。他因喜好出言侮慢权贵，终与最后一个收留他的江夏（今武昌）太守黄祖产生裂隙，被黄祖处死。祢衡最终饮恨辞世，在卢挚看来既可悲又可悯：可悲的是，一个有才之人因得不到高位认的赏识便被淹没；可悯的是，与世不合的高傲之士总是不能为尘俗所理解。祢衡被杀时年仅二十五岁，一个翩翩文士的英魂就此散入风中。

　　昔人已乘黄鹤归去，眼前的浩瀚长空，缥缈江波，皆令卢挚起了清秋豪兴。云淡风轻，微风扑面，吴越的美女与楚地的佳酿亦让人留恋不已。卢挚虽伤古意重，但亦不愿在此良辰美景之下辜负"老子南楼"的美意。

　　据《晋书·庾亮传》载，东晋六州都督庾亮镇守武昌时，其部下殷浩等人于月夜乘船登上南楼，欲一观平湖江月的夜景。庾亮得知此事后，亦到南楼去同赏繁华。未料他的部将见状却纷纷离开，皆为他们擅离职守的举动感到愧疚。体恤下情的庾亮便立即开口，笑劝他们莫要急着离开，即使是老子看到眼前的这番胜景，亦会流连忘返。说罢，便与殷浩等人一同泛舟江水，饮酒欢笑，谈议政事。

宋朝陆游《憩黄秀才书堂》诗："吾生如虚舟，万里常泛泛。"卢挚借"老子南楼"的典故来凭吊古人，亦是在劝慰自己。人的身世犹如浮于江上的孤舟，无根无蒂，四处飘零。这般凄楚的境况虽令卢挚伤怀，但他知道一切皆于事无补，唯能自我开解。

在另一首《蟾宫曲》中，卢挚写道："想人生七十犹稀，百岁光阴，先过了三十。七十年间，十岁顽童，十载尪羸。五十岁除分昼黑，刚分得一半儿白日。"世人都道人有百岁光阴，但人生七十古来稀，再除却十年孩童时期，十年老病时期，五十年的夜晚，便只剩五十年的白日可以消磨。然而，人生的风雨从不间断，时光亦不会等人，细细算来，总是过日日逍遥快活的生活，方不负此生。

离开了绿水青山，卢挚早早地来到竹篱茅舍的村户人家。野花在路旁恣意地开着，村人自酿的酒正发出悠悠的清香。"醉了山童不劝咱，白发上黄花乱插"，他一杯接一杯地欢饮，山童亦不劝他，任他醉后便往他的白发上乱插黄花取笑。垂垂老矣的卢挚，忆起昔日的情感与仕途，不禁生出几许失落，几多忧愁。

倦名利，访灵山

据《元史》载，元仁宗曾言："明心见性，佛教为深，修身治国，儒、道为切。"在宗教政策较为宽容的元朝，寺庙、禅院林立，和尚、僧人众多，实是一派繁盛景象。僧众杂处于世间，成为元朝世俗生活的一部分，而民间亦流传着诸多关于和尚、道人的奇闻、逸事，作为人们茶余饭后的谈资，消遣时光。

宋代张邦畿的《侍儿小名录拾遗》载有一段有关和尚破戒的故事，元人王实甫曾据此改编有《度柳翠》一剧。在张邦畿的故事中，五代时有一位曾在山中虔诚修行多年的僧人，僧号至聪禅师。一日，他在下山时路遇一个叫红莲的美人，竟被她的美撼动，动了凡心。在他与红莲交欢后的次日，二人一同坐化升仙。故事的末尾记有一颂曰："有道山僧号至聪，十年不下祝融峰。腰间所积菩提水，泄向红莲一叶中。"

王实甫看过此故事后，便随手采撷，重新写有一剧。令人遗憾的是，此剧已经散佚，今人不复得见。其后，元朝的杂剧家李寿卿再次改写这个故事，终成就了一部《月明和尚度柳翠》，并在市里坊间广为流传。

明人冯梦龙对这个故事的兴趣不减，亦对其有过改编，改编后的故事在民间流传较为普遍。在冯梦龙的笔下，遭遇色劫的和尚的僧号，沿用了从宋代至明代数个版本之中僧人的名号——玉通禅师。

故事中，南宋临安府的柳府尹派人请玉通和尚下山参禅，却遭玉通拒绝。柳府尹对此怀恨在心，一怒之下便差美女吴红莲到山上去向玉通施展美人计，终使玉通破戒。柳府尹奸计得逞，遂将玉通的风流韵事到处张扬，致使玉通羞惭不已，忧愤辞世，并转世投胎为柳家的女儿柳翠。柳翠长大后堕落于风尘之中，专门败坏柳家的名声。之后，柳翠遇到得道和尚月明，被其点化，最终修成正果，坐化成佛。

无论是冯梦龙的小说，抑或是张邦畿、王实甫的杂剧，对此故事的刻画皆停留于僧人、和尚偷香窃玉之事上，难逃风流逸闻的窠臼。而李寿卿打破此牢笼，为月明和尚敷上了新的色彩。或许，这也正是此剧得以流传百年的原因。

在李寿卿笔下，"度柳翠"的故事别有一番风貌。他并没有用更多的笔墨来写"红莲色劫"，而为柳翠的身世写就了一段新的传奇。她的前生并非转世的月明和尚，而是观音大士手中的柳枝。

李寿卿的剧中，最先出场的便是观音菩萨。她手持玉净瓶坐于莲花座上，忽然发现瓶中的柳枝沾染了些许尘埃，暗道瓶中的柳枝还未摆脱尘俗的叨扰，便罚它下界经历轮回之苦，三十年后方能修炼成佛。故而，此条柳枝便投胎下凡，成了杭州抱鉴营街、积妓墙下的风尘女子柳翠。柳翠平日里在外行为放浪，但因生得花容月貌，故仍得当地的一名富户牛员外的喜爱，二人相伴多年。观音怕柳翠在烟花巷中浮沉, 无法自度成佛, 便派第十六尊罗汉月明尊者于三十年后去人间点化她。

柳翠与转世的月明尊者的初次邂逅, 是在柳翠父亲辞世十年的祭典之上。牛员外为了讨好柳翠, 特意到蒿亭山显孝寺请十个和尚下山为柳父超度, 为亡灵灭除灾障。未料, 规模甚小的显孝寺凑来凑去只有九个和尚, 迫于无奈, 牛员外只能把在伙房生火做饭的疯癫和尚月明叫来凑数。而这疯癫和尚恰恰是转世的月明尊者。

月明自称"疯魔", 无酒、无肉、无美女绝不下山, 直到主持一一应允, 他才跟着同去, 并且打定主意要与柳翠见面。住持对此颇为不屑, 引以为佛门之耻, 却不知月明此行下山正是为了引渡柳翠, 令她早回天界。

【混江龙】直待要削开混沌, 月为精魄柳为魂。一任着纷纷白眼, 管甚么滚滚红尘! 恰才个袖拂清风临九陌, 又早是杖挑明月可便扣三门。则为我这半生花酒为檀信, 其实的倦贪名利, 因此上不断您这腥荤。

李寿卿《月明和尚度柳翠》第一折

月明所唱之词, 正是他下凡的因由。他半生花酒, 却不忘佛理, 将为柳翠打开一条涅槃重生的坦途。

一见到柳翠, 月明便开始对她进行第一次度化。他言辞恳切, 奉劝柳翠早日脱离声色犬马的日子, 随他出家, 以超越生死, 免却六道轮回。然而, 柳翠舍不得青春少年, 她的母亲亦不愿她舍弃以美貌觅钱的机会, 是以两人皆未听取他的劝言。无奈之下, 月明只得明言柳翠是"天生来罗汉身", 需要随他入山修行, 而柳翠则只当他讲些"谜言谜语", 全不放在心上。

剧中的第二折是月明对柳翠的第二次度化。柳翠自见了月明, 梦中便常常听到月明对她讲议佛法, 并将她引至阎神面前, 让她看清人死后的种种凄惨情景与投胎轮回于六道的境况。一日, 她梦到自己成了一只猫儿, 正在思春。而梦醒后, 柳翠怕撞见月明, 便两次三番躲避他, 却终躲不过。后在一处茶房之中, 月明苦心劝她遁离凡尘, 并言辞恳切地对她说，尽管她现在"翠嫩青柔"，但韶光易逝，转瞬间她便会"绿惨红愁"。经月明的屡次劝说，柳翠终动了几分出家之意，但对凡尘还有许多贪恋。

实则，柳翠的前世为观音大士玉净瓶中的柳枝，终日沐浴于无边佛法之中，亦是有慧根的，经月明和尚的多次点化，她已有所顿悟。只是她仍难舍自己的三千发丝，这正是她烦恼蔓生的根由。

【黄钟尾】你道是"这回和月常相守"，才赚的春风可便树点头。聚莺朋，合燕友；蜂衔喧，蝶梦幽；啭黄鹂，鸣锦鸠；噪昏鸦，覆野鸥；袅金丝，春水沟；拂红裙，夜月楼；酒旗前，望竿后；风又狂，雨又骤；霜正严，雪正厚，霜来欺，月来救。我救的这月里桫椤永长寿；我着你访灵山会首；也不索别章台的这故友，我则怕你又折入情郎画眉手。

李寿卿《月明和尚度柳翠》第二折

在沟渠边迎风摇摆的垂柳，一生受尽蜂蝶百鸟的折磨；在珠楼酒家旁伫立的细柳，日日受着脂粉钱酒的沾染。无论垂柳生于何处，皆要饱受雨雪风霜年年月月的百般摧残，千般凌辱。柳翠自称是"镇柳陌第一人"，更同这柳一般，被千人攀，万人折，而能助她脱离苦海的正是月明和尚。

月明和尚正是天上明月的隐喻。世事沧桑，仿佛只有天上普照众生的明月，可超脱如柳翠一般惦念凡尘的世人。在月明的再三劝说下，受教的柳翠终于答应随他出家，但要先与她的章台故友道别。月明怕柳翠的意念再次动摇，遂又嘱咐她莫再堕落风尘，舞弄腰肢卖弄风姿。至此，月明和尚的使命将近完成，遂脱离凡胎回到圣地灵山，等候柳翠踏入佛门。

经历了世间的喜怒哀乐，告别了尘俗的七情六欲，最终，柳翠随明月归去，了却俗缘，遁入佛门。她心无杂念地出家修行，终于重归西天莲池，插于南海观音大士的净瓶之中。

李寿卿不仅将月明三度柳翠的故事讲得引人入胜，其所作词曲，亦意境玄幽，充满禅意。明代曲评家朱权曾于《太和正音谱》中将李寿卿列至元杂剧家的第四位，或许正是因为他的《度柳翠》一剧度化了众多善男信女。

月明和尚曾在第二折中言："凡情灭尽，自然本性圆明。"日月似飞梭，光阴如逝水。天上明月皎皎，地上翠柳依依，迷却正道的男男女女于世俗之中浮沉挣扎，若不能逃离是非场，便不能悠游于天地乾坤。若似被度化前的柳翠一般不肯放下尘俗，如何从尘俗中超脱？世人皆"争长竞短，你死我活"，却不知"苦海无涯，回头是岸"。

《金刚经》有偈云："一切有为法，如梦幻泡影。如露亦如电，应作如是观。"一切世相皆是缘聚则生，缘散则灭，幻化无常，无影无形。万事恍如梦幻泡影，若有似无。若欲有修为，未必一定要遁入空门，然而对于烟火人间的种种烦扰，唯有淡然处之，方能守持一心，渐渐修成正果。

天道微，义昭彰

唐时被唤作山南东道的山东襄阳府城中，曾发生一桩骇人听闻的命案。在一个凄惨的黄昏，两名男子被杀于城外的一处荒林中，与二人同行的女子也不见了踪影。被杀的两人，一人是城中万员外的儿子，人称万小员外；一人是他府中的当直，名唤周吉，而失踪了的女子则是万小员外的妹妹万秀娘，她的夫婿去世，此行正是要回娘家，未料路上遭遇不测。

原来，万员外茶坊中的小伙计陶铁僧因偷拿店中钱财被赶出门后走投无路，遂伙同强盗十条龙苗忠、大字焦吉，一同劫掠了万秀娘一行人，将她携带的几万贯钱通通抢走。穷凶极恶的焦吉还挥刀砍了万小员外与周吉，杀人灭尸。被掳走的万秀娘不堪凌辱，欲要自杀却被人称"孝义尹宗"的大汉救出。不料，尹宗在送万秀娘回襄阳府的路上又与焦吉等一干人狭路相逢，终因寡不敌众，被害而亡。再次沦落奸人之手的万秀娘巧用妙计自保，终在自家邻舍的合哥传信后，被尹宗的魂魄与官府的公差合力救出，而苗忠、焦吉、陶铁僧三人则被索缚处死。

这段载于明朝冯梦龙《警世通言》第三十七卷的《万秀娘仇报山亭儿》，曲折而撼人，而元代杂剧家纪君祥所创作的《赵氏孤儿大报仇》一剧，则是一段更加波澜壮阔、动地惊天的忠义传奇。

《万秀娘仇报山亭儿》卷末附有一歌谣云："万员外刻深招祸，陶铁僧穷极行凶。生报仇秀娘坚忍，死为神孝义尹宗。"正如这歌谣所唱，为了奸人能得到惩治，万秀娘隐忍等待报仇时机的信念令人钦佩。而尹宗不求万员外千金酬谢，不求万秀娘以身相报，单为孝义所唤，便抛洒了自己的热血，献出了自己的生命，则更为人所称道。尹宗尽管化作了鬼魂也不愿放纵坏人逍遥法外，纪君祥的《赵氏孤儿》中那些为仁义忠孝而赴汤蹈火、慷慨赴死的人们，又何尝不是这样？

世人皆知，俗世间有四样事是难以掩盖和隐藏的，爱、恨、情、仇，这四者皆是文人墨客写之不尽、诉之不竭的主题。然而，爱情离恨的故事或许容易写就，而复仇洗冤的故事则难以演绎。在众多的复仇记中，纪君祥的《赵氏孤儿》无疑最令人瞩目，甚至风行于欧洲，与关汉卿的《窦娥冤》、马致远的《汉宫秋》、白朴的《梧桐雨》并称为元杂剧之中的四大悲剧。

纪君祥，又作纪天祥，生平事迹不详，约生活于元世祖忽必烈时期。他的《赵氏孤儿》一剧取材于司马迁的《史记·赵世家》，但对其情节做了较大改动。孟称舜评曰："此是千古最痛最快之事，应有一篇极痛快文发之。读此觉太史公传尤为寂寥，非大作手不易办也。"在孟称舜看来，纪君祥此作或许要远胜于司马迁的手笔。

《赵氏孤儿》一剧蕴藉着浓重的悲剧色彩，常常令人不忍卒读。春秋晋灵公年间，武臣屠岸贾素与文臣赵盾不和，欲垄断朝内大权的奸臣屠岸贾，遂密谋陷害忠烈名门赵盾一家，并将其一家老小诛尽杀绝。赵盾之子赵朔为当朝驸马，娶晋成公的妹妹为妻，因二人当时身在驸马府中，才得以躲过此劫。然而，心肠歹毒的屠岸贾一心要将赵氏的血脉除尽，便假传圣旨，令赵朔伏剑而亡。自尽之前，赵朔嘱咐已有身孕的公主："待孩儿他年长后，着与俺这三百口，可兀的报冤仇！"

公主见丈夫死在自己面前，悲痛欲绝，但为了腹中赵家的血脉，只能强忍悲痛。不久之后她产下一名男婴，却被屠岸贾洞悉。公主被屠岸贾囚禁在驸马府中，难以走动，为了孤儿的性命，她找来驸马原来的门客程婴，将婴儿托付与他。为防日后屠岸贾向她逼问，公主解下裙带，自缢而亡。

程婴将婴儿藏于自己的药箱之中，未料被把守驸马府的韩厥拦住了去路。韩厥本是屠岸贾的部将，因重情重义便放了程婴。听到程婴讲这孤儿的身世，韩厥自言是一个顶天立地的男儿，肯定不会做舍义取利的苟且之事："我若是献出去图荣进，却不道利自己损别人。可怜他三百口亲丁尽不存，着谁来雪这终天恨？怕不就连皮带筋、捻成齑粉，我可也没来由，立这样没眼的功勋！"

杀一个呱呱坠地的婴儿，对韩厥来说是不仁；想到赵氏一家若因自己的阻拦而不能报仇雪恨，韩厥就是不义。为防他日走漏消息，放走程婴后，韩厥亦自刎而亡。屠岸贾或许万万也想不到，自己的臣属竟也为赵氏遗孤献出了自己的忠魂。

屠岸贾见韩厥无端自杀，心生疑窦，料想赵氏孤儿已被救出，便一边加派人手守住各处城门，以防婴儿被偷带出城；一边假传圣命，若三日内无人将赵氏孤儿交出，便将晋国之中一月以上、半岁以下的婴儿全部杀掉。情势危急，程婴匆忙赶去吕太平庄中，与公孙杵臼一同商议。

年已七旬的公孙杵臼曾为朝廷老宰辅，后罢职归农。程婴知晓他曾与赵盾同为一殿之臣，两相交厚，故与他共谋保护赵氏孤儿的计策。大义当前，为免连累举国上下无辜的婴儿，亦为了保存赵氏一脉的骨肉，公孙杵臼亦毫不犹豫地卷入了这场风波之中。他与程婴商定，将程婴还未满月的儿子充作赵氏孤儿，而将真正的赵氏孤儿送往程婴家中托付给妻子。

按照计策，程婴将公孙杵臼"私藏"婴儿之事向屠岸贾告发。屠

岸贾遂率领部下前往太平庄去捉拿公孙杵臼。程婴假意投降屠岸贾，
"出卖"了公孙杵臼与赵氏遗孤。公孙杵臼不惧死亡，强抑心中的悲痛
与他一同演着这场换婴之戏。

　　【南吕·一枝花】兀的不屈沉杀大丈夫，损坏了真梁栋。被那些腌臜
屠狗辈，欺负俺慷慨钓鳌翁。正遇着不道的灵公，偏贼子加恩宠，著贤人
受困穷。若不是急流中将脚步抽回，险些儿闹市里把头皮断送。

纪君祥《赵氏孤儿大报仇》第二折

　　【双调·新水令】我则见荡征尘飞过小溪桥，多管是损忠良贼徒来
到。齐臻臻摆着士卒，明晃晃列着枪刀。眼见的我死在今朝，更避甚痛答
掠。

　　【驻马听】想着我罢职辞朝，曾与赵盾名为刎颈交。是那个埋情出
告？原来这程婴舌是斩身刀！你正是狂风偏纵扑天雕，严霜故打枯根
草。不争把孤儿又杀坏了，可着他三百口冤仇甚人来报？

纪君祥《赵氏孤儿大报仇》第三折

　　昏君无道，国无纲纪，屠岸贾这般的卑鄙小人竟然可以位列三公，
肆意地损害忠良。公孙杵臼难掩心中的义愤，厉声大骂这污浊的尘世。
为了令这假戏演得更真实些，公孙杵臼不得不与程婴"决裂"，斥责他
为出卖自己的小人，将程婴的喉舌比作自己断首斩身的刀剑。

　　尽管如此，狡诈的屠岸贾仍不相信。为了探测其中的真相，他令程
婴去鞭打公孙杵臼。为了保护赵氏遗孤，程婴不得不照办，被"屈打成
招"的公孙杵臼遂招出自己确实藏有婴儿。屠岸贾腹中的疑云消散，便
将部下搜出的由程子假扮的赵氏孤儿砍做三段。看着自己的孩子惨遭
杀戮，早早地失去了自己幼小的生命，程婴犹如万箭穿心，肝肠寸断，
却不能表现出来；而无端被牵入这个旋涡的公孙杵臼触阶而死，亦令
程婴痛不欲生。

　　除去"赵氏遗孤"这一心腹大患后，屠岸贾满心欢喜，为了嘉奖程

婴的告发之功，便将程婴留在自己的府中充作门客，并将真正的赵氏孤儿收作义子，唤他作屠成，而程婴则为他起名曰程勃。白日，赵氏孤儿随屠岸贾学十八般武艺，而夜晚，则由程婴教他诵读诗书。

"日月催人老，光阴趱少年。"二十年的岁月匆匆而过，赵氏孤儿早已长成为文武双全的七尺男儿。对自家灭门绝户之事一无所知的他依旧终日习文练武；而程婴的忧愁却一日重似一日。赵氏的灭门之仇一日不报，那些无辜牺牲的魂灵便不能得到安慰。为此，程婴将所有为赵氏孤儿牺牲的人都画于一张手卷之上，将真相告与了他。知晓真相的赵氏孤儿遂与屠岸贾的属下里应外合，一同诛杀了屠岸贾，为自己的家族报仇雪恨。

皇帝知晓此事后，赞赏赵氏孤儿的举动，为他赐名赵武。扰乱朝纲、罪大恶极的屠岸贾终被处以剐刑，而无辜赴死的韩厥、公孙杵臼等人皆得清白与表彰。

真实的历史之中，赵氏孤儿一雪前仇之后，程婴便自杀而亡，但纪君祥令他免于一死。或许，为了赵氏遗孤能存活下来，太多无辜的人死去，若程婴也自尽而死，此剧便可算作古往今来最令人悲痛的悲剧了。

孟子说："生亦我所欲也，义亦我所欲也；二者不可得兼，舍生而取义者也。"在古人看来，当生命与道义不可兼得之时，有骨气有气节的士人都应当舍生取义，为了道义不计生死。故而在历史上，韩厥、公孙杵臼和程婴都毅然地选择了为仁义而慷慨赴义。在纪君祥笔下，为了义不计生死、不顾一切的精神再一次得到了印证。

王国维曾于《宋元戏曲考》中评《赵氏孤儿》一剧："剧中虽有恶人交构其间，而其蹈汤赴火者，仍出于其主人翁之意志，即列之于世界大悲剧中，亦无愧色也。"《赵氏孤儿》除奸报仇的结局，无疑是对忠义大旗的高张，是对仁义碑铭的镌刻。

在浮浮沉沉的浊世之中，对义的坚守，就如同一道耀眼的光芒，可刺破黎明前的黑暗。义是一种义不容辞的信念，一种难以改易的气节。天道微茫，唯义昭彰。

青冢上，空余恨

那一夜深宫之中的幽怨之音，令宫槐上栖息的宿鸟，庭树上的昏鸦都要屏息，甚至惊扰了帝王之梦。汉元帝惊坐而起，不禁于宫廷之中四处寻觅，思索那如泣如诉、催人泪下的乐曲究竟从何而来。

遍寻不见后，随着那渺渺的琵琶乐声，汉元帝辗转来到了人迹罕至的冷宫之中。深幽的珠帘帐幕之后，一抹清丽纤瘦的背影顿时映入他的眼眸。那一刻，汉元帝悄然呆立，暗道为何这冷宫之中竟有如此佳人，而自己却从不知晓？

【醉中天】将两叶赛宫样眉儿画，把一个宜梳裹脸儿搽；额角香钿贴翠花，一笑有倾城价。若是越勾践姑苏台上见他，那西施半筹也不纳，更敢早十年败国亡家。

马致远《汉宫秋》第一折

此女俏丽妩媚，窈窕婀娜，汉元帝一见，便惊为天人。但见眼前的女子，双眉扫黛，两鬓堆鸦，腰似细柳，面若朝霞。她与西施的美难分伯仲，若是越王勾践早些遇到她，恐怕也会为她的美所沉醉，难以兼顾江山与美人。

令汉元帝深深着迷的那个女子，便是早已在汉宫中待了数年之久的王嫱，即王昭君。她未料到自己夜半抚琴，竟会惊动帝王，犹以为自己身在梦中。当年，画师毛延寿奉帝命四处遴选宫人，到了成都秭归县，一见光彩照人的王昭君，便欲选她入宫。谁知，毛延寿"雕心雁爪，做事欺大压小"，不得王昭君酬谢的百两黄金，便在她画像之上，为其朱颜点了一粒小小的丧夫痣以为报复，致使她久被置于孤寂清冷的冷宫之中。回想往日的苦楚，王昭君一腔心事无处倾诉，本想着夜里寂寥无人，轻抚一曲聊以慰藉，未料竟引来自己想见却不能见的人。

《汉宫秋》作为元代的名剧，所写的虽然是王昭君，但它的特别之处在于不以王昭君出塞为主要内容，而是架空了一段王昭君与汉元帝相爱的过程。或许是上天怜她，自此之后，汉元帝日日临幸王昭君，倒成就了二人一段欲舍难离、可歌可泣的爱恋。元帝爱她菱花镜里的娇媚妆容，王昭君敬他垂怜眷顾的怜惜之意，二人遂成了燕侣莺俦，过了段相知相守的恩爱日子。

令人遗憾的是，天若有情天亦老，月若无恨月长圆。王昭君得宠之后，画师毛延寿恐汉元帝怪罪下来，便畏罪潜逃至匈奴。为报复汉元帝和王昭君，他将王昭君的画像呈献给呼韩邪单于。单于被画中王昭君的美貌深深地吸引，便打消了南下进攻的念头，派使者到汉室索婚。单于允诺，若汉元帝答应将王昭君献出，他便撤退三军；但元帝若是拒绝，他便以百万雄兵，"刻日南侵，以决胜负"。

汉元帝意欲与匈奴决一死战，未料满朝文武皆不愿再起兵戈。那些"卧重裀，食列鼎，乘肥马，衣轻裘"的大臣们，食民之禄本当为国分忧，却在关键时刻畏葸不前。如此，无从选择的汉元帝唯能割断恩爱，强压撕心裂肺的痛楚，为王昭君与呼韩邪单于举行婚典。深明大义的王昭君亦甘愿嫁与呼韩邪单于，既可保汉室的平安，又可避红颜祸水的罪名。

王昭君聪慧睿智，不会不明白她这一抉择之中的利害。塞外虽是苦寒之地，朔漠相连，有一望无际的荒芜，却是一片自由的天地；而在深宫之中，无论是在冷宫还是受宠，亦难有自由可言。正如在后世的王安石看来，王昭君此行不仅可为汉室求得安宁，亦可令自己的爱情得到皈依。元帝虽然痴迷于她，但终有三宫六院在，不能与她长久。而单于娶她为妻，可给她一个女子应有的尊严与庄重。

在自己和国家面前，王昭君必须做出选择。为了汉室能止息干戈，免去黎民之苦，王昭君甘愿为了民族大义而牺牲。她远走千里，埋骨他乡，灵魂却始终向着家乡的方向。后人感念她作为一个弱女子所担的道义，为她写下了不计其数的挽联，歌颂她作为一介女子的气节。而马致远则在《汉宫秋》中，为汉元帝与王昭君不能情有所终心生悲悯，发出一番别样的声音。

【梅花酒】呀！俺向着这迥野悲凉。草已添黄，兔早迎霜。犬褪得毛苍，人搠起缨枪，马负着行装，车运着糇粮，打猎起围场。他、他、他，伤心辞汉主；我、我、我，携手上河梁。他部从入穷荒，我銮舆返咸阳。返咸阳，过宫墙；过宫墙，绕回廊；绕回廊，近椒房；近椒房，月昏黄；月昏黄，夜生凉；夜生凉，泣寒螀；泣寒螀，绿纱窗；绿纱窗，不思量！

马致远《汉宫秋》第三折

独立灞桥之上，远远望着护送王昭君出塞的马车渐渐地消失于荒草戈壁，汉元帝感觉自己的魂魄仿佛亦随王昭君去了。思及从今而后王昭君便要背井离乡，在塞外受苦，终日对着衰草荒天，卧雪眠霜，汉元帝便痛苦难当。看到犬褪却了皮毛，牧人拿起缨枪，车马驮运着她的行装，他深知自己再也不能挽回了。二人在塞上青谷、汉宫秋月中遥遥相望，依稀邂逅了隔世的知音。旧时的欢愉皆被西风吹散，二人唯能叹一句造化弄人。

王昭君伤心地离去，目送她离去的汉元帝也不得不乘舆回到咸阳。每过一道宫墙，每走一条回廊，想到两人相隔又远了数里，汉元帝对王昭君的思念不觉更加深重。王昭君走后，偌大的汉宫之内，便只剩下一片孤寂，凉夜昏月，寒螀悲泣。

出塞和亲的王昭君，从今而后便再也望不见长安城的北斗。相爱至深的汉元帝与王昭君二人生生被毛延寿害得成了天上难以得见的织女牵牛。帝王一命，等闲便可颁下，而胡地风霜，如何让她日日承受？俗语道：自古红颜多薄命，未料在王昭君身上又一语成谶。

呼韩邪单于将王昭君封为宁胡阏氏，身居正宫，但王昭君毫不恋念。随单于折回匈奴的路上，王昭君一面难舍故土，一面对汉元帝思念成疾。行至汉番交界的黑江，她向单于讨一杯酒，在江边望南浇奠，以作辞别汉家之意。酒入江中，王昭君亦义无反顾地跳入黑江。单于遂将她葬于江边，命其坟墓为青冢。

王昭君自尽的当夜，汉元帝被噩梦惊醒，突闻窗外孤雁哀鸣，霎时间泪如雨下。他深感此为不祥的恶兆，便即刻命宫人去探听王昭君的消息，方知王昭君的香魂早已消散。

潇湘暮景冷，边塞离情深。

马致远笔下的汉元帝，实是一个多情多义之人。听闻王昭君投水而死的噩耗，汉元帝痛煞难忍，几欲随她而去，无奈他为一国之君，自己的性命岂可等闲弃之？而另一方，单于恐因此事与汉室兴起战事，便将画师毛延寿遣送回汉。悲痛欲绝的汉元帝遂将毛延寿处死，以慰藉王昭君在天之灵。不料数年之后，汉元帝亦抑郁而亡。

唐朝诗人戎昱叹曰："汉家青史上，拙计是和亲。社稷依明主，安危托妇人。岂能将玉貌，便拟静沙尘。地下千年骨，谁为辅佐臣。"将一壁江山皆托付了女子，江山之主、社稷之臣如何能不汗颜？

清焦循《剧说》有言："元明以来，作昭君杂剧者有四家。马东篱《汉宫秋》一剧，可称绝调，臧晋叔《元曲选》取为第一，良非虚美。"焦循与臧晋书皆推马致远的《汉宫秋》为第一佳作，或许正是剧中有两个悲苦之人的缘故。其中一个是汉元帝，他戴着金钱权力的枷，却无法守护自己的江山美人，无法支配自己的命运，可悲；而另一个则是王昭君，区区一个弱女子，却要背负着拯救天下苍生的重任，远赴异地他乡，再不见汉宫秋月，可叹。

剧中，马致远曾借元帝之口，说出"十年生死两茫茫"的别离之悲。无论是恋人、故土、家国，都莫轻言别离。因为一旦别离，便终是怅惘。

卷八　黎民殇

他们愤世嫉俗，悲天悯人；他们始终在试图挣脱命运、远离尘嚣。是以留下了可悲可叹、可说可感的故事。

天可鉴，窦娥冤

在淮安地区的历史上曾有过两段离奇的公案，一为元代的窦娥案，一为清代的李毓昌被害案。后世传言，两案皆令举国瞩目，轰动一时。其中，李毓昌案有翔实的史料可查，并无争议；而窦娥案并非如此。据说，当时的淮安府确有一个女子被冤毒害婆婆，枉死刑场，但其中的真相则不为世人所知。关汉卿不巧听闻了此事，亦有感于《列女传》中"东海孝妇"的故事，不禁为二人相似的不幸遭遇深感愤慨，遂写下了《感天动地窦娥冤》一剧。

人们总是期望公正能够得以标举，然而，在混沌的尘世中，正义并不一定会垂怜贫苦的世人，故而，关汉卿将这杆公平之秤置于自己的剧中，演于市井的舞台之上，为冤屈的女子发出不平之鸣。他始终相信，尽管真相一时被蒙蔽，但真理永远存在。它觑着世人，正默默地等待智慧之人将它发现。

元代的淮安府，有一个名叫窦天章的书生。他来自山阴县，因无力偿还蔡婆的高利债，只能把自己七岁的女儿窦娥抵给蔡婆当童养媳。而后，他独自一人远赴京城读书求仕，希望有朝一日能金榜题名，衣锦还乡。窦娥长大之后遂成了蔡婆的儿媳，未料与蔡婆的儿子蔡昌宗成婚不及三年光景，蔡昌宗便去世了，独剩她与蔡婆相依为命。蔡婆平日里向外放债，以为生计。一日，她向当地的赛卢医索债，未料意欲赖账的赛卢医心生歹意，将蔡婆骗到郊外打算谋害她的性命。正巧，地方的无赖张驴儿父子自此路过，吓得赛卢医慌忙逃跑，这使得蔡婆之命姑且被保住。

　　谁知一波初平一波又起，张驴儿父子并非良善之人。他们知晓蔡婆小有家财而窦娥貌美守寡，便起了贪念，要求蔡婆报答他们的救命之恩，招他们父子俩入赘。蔡婆懦弱，半推半就地应允了二人无理、蛮横的"入赘"要求，带着二人回到自己的家中。等在家中的窦娥听闻此事，心中的愤怒之情难以平息。她埋怨婆婆轻易地便将生人带至家中，况且二人的品性甚差，窦娥抱定一女不侍二夫的信念，无论如何也不肯点头应允。

　　谁知，贼心不死的张驴儿，趁着蔡婆有病，将混有毒药的羊肚儿汤呈给她喝，意欲将蔡婆毒死，好就此抢占窦娥。不料蔡婆闻汤后感到恶心，给了张驴儿的父亲。他将汤一饮而尽，命丧黄泉。

　　世人言：善有善报，恶有恶报。张驴儿企图谋害他人，却不期然谋害了自己的父亲。他非但不知悔改，反将窦娥诉诸官府，将毒害其父的罪名推在窦娥身上。公堂之上，昏庸的太守桃杌有眼无珠，对窦娥严刑逼供。窦娥为免婆婆也受皮肉之苦，三推六问之后，不得已便招了此罪。桃杌遂即刻令她画了伏状，戴了枷锁，将她关至死囚牢中，数日之后便要问斩。在贪官污吏那里，王法就如同一纸薄笺，轻易地便可焚为烟尘。

　　【正宫·端正好】没来由犯王法，不提防遭刑宪，叫声屈动地惊天。顷刻间游魂先赴森罗殿，怎不将天地也生埋怨。

　　【滚绣球】有日月朝暮悬，有鬼神掌著生死权。天地也只合把清浊分辨，可怎生糊突了盗跖颜渊。为善的受贫穷更命短，造恶的享富贵又寿延。天地也，做得个怕硬欺软，却元来也这般顺水推船。地也，你不分好歹何为地？天也，你错勘贤愚枉做天！哎，只落得两泪涟涟。

关汉卿《感天动地窦娥冤》第三折

　　被押往刑场的窦娥，腹中满是悲苦。她的怨气直冲九霄，奈何呼天不应，唤地不灵。罪恶的种子在人间萌生，却无人可阻止它肆意生长。蒙受莫大冤屈的窦娥，唯能在死前，将她对这浊世的愤怒、对天地的埋怨一泻而出。天地不分清浊，颠倒了盗跖与颜渊的命运。

盗跖是春秋时期人，原名展雄，又名柳下跖、柳展雄。相传，他曾率领九千名奴隶发动声势浩大的奴隶起义，推翻当朝王权，故而历代的统治者都视其为残暴的化身。司马迁于《史记·伯夷列传》中言："盗跖日杀不辜，肝人之肉，暴戾恣睢，聚党数千人，横行天下，竟以寿终，是遵何德哉？"在司马迁看来，当时的盗跖横行数国，屠城劫掠，所到之处血流成河，最终却得善终，令人不解；而被列为孔子弟子中七十二贤之首的颜渊，虽宅心仁厚，学识渊博，却英年早逝，令孔子哀恸不已。

上刑场之前，窦娥被打得"一道血，一层皮"，"才苏醒，又昏迷"。她本希望能于公堂之上为自己洗刷冤屈，其后才终于明白，要令官吏为她申冤不过是虚幻的泡影，"衙门从古向南开，就中无个不冤哉。"眼见事情不可挽回，窦娥唯能在断头台前发下三桩誓愿以求苍天显灵，证明自己的清白。她赌咒说，若她真有冤情，她的鲜血必然飞溅于高挂的八尺素练之上，六月飞雪必将掩埋她的尸身，而淮安一带则将大旱三年。

在关汉卿笔下，窦娥发誓之后，阴风怒号，白雪纷飞，天地之间一幅悲惨的景象。

行刑之后，窦娥许下的三桩"无头愿"皆一一应验，百姓们始知窦娥高如青山、深似浩海的冤情。但窦娥的惨死，并非此剧的终结。上天不仅令她的誓愿应验，还要在尘世中为她正名。窦娥辞世之后，她的父亲已中了科举，成为在京城之中任职的官员。窦娥的魂魄遂远赴京城向她的父亲诉冤，窦天章亦千里迢迢回乡为女查案。最终，张驴儿得了凌迟之罪，剐以一百二十刀处死。昏官桃杌与一干典吏永不叙用，赛卢医被充军，蔡婆由窦天章赡养，因果缘由终算得报。

故事以窦娥最终得以沉冤昭雪，剧中人也因善恶各得一合宜的结果而落下帷幕，看似圆满，但人死不能复生，窦娥年轻善良的生命永远地逝去，唯能留下一千古冤案被后人吊唁。

窦娥这一故事的原型始见《列女传》中的《东海孝妇》一节。关汉卿不似古人一般为替东海孝妇平冤的于公歌功颂德，反借窦娥凄惨的命运来映照元朝那个暗无天日、混乱残忍的浊世。纵然窦娥坚强不屈地同种种邪恶斗争，却终斗不过残酷的时代。

在不分善恶、混淆是非的世间，恶人横行，善人受欺。关汉卿笔下的世界实是蒙元王朝混乱一角的写照。恶霸无赖横行乡里，读书之人潦倒穷苦，官府衙门颠倒黑白，地位卑微的女子更不能主宰自己的命运。窦娥屡摧不折的风骨，亦是关汉卿自身气节的投射，他不重华丽的辞章，却甘愿用自己的一支瘦笔，写尽世间的愁苦艰辛。

关汉卿深知，仅凭一己之力，难以扫除元代社会之中的颓丧之气。但他依然笃信，朗朗乾坤之中，总有似窦娥一般坚持抗争的人，为了除却世间的不公，甘愿赴汤蹈火，献出自己的生命。

弃逍遥，忧百姓

在元人吟风弄月、抒写离恨的曲辞文赋中，刘时中的曲作总显得那么特立独行。文如其人，遗世独立的刘时中既不愿与沉迷酒色的朋友一同沉沦，在声色犬马中放逐自己；亦感觉自己难以任天下苍生的代言人，在时代的风浪中振臂一呼。他心境淡然，唯愿能用自己真实的文字，令"人间烦恼，一洗无余"。

刘时中深知，若将人世间的种种苦难都担在自己肩上，定会异常疲累，但他心甘情愿地这样做。他的一唱一吟，皆是为当时的贫苦百姓流下的血泪。故而，他的曲子被称为元代的"史诗"。

【叨叨令】有钱的贩米谷、置田庄、添生放，无钱的少过活、分骨肉、无承望；有钱的纳宠妾、买人口、偏兴旺，无钱的受饥馁、填沟壑、遭灾障。小民好苦也么哥，小民好苦也么哥，便秋收鬻妻卖子家私丧。

刘时中《端正好·上高监司·叨叨令》

这曲《叨叨令》是刘时中的套曲《端正好·上高监司》中的一段。

套曲的开篇，刘时中声色凄苦地描摹了元代发生的一场罕见的大饥荒："众生灵遭魔障，正值着时岁饥荒。"田地中颗粒无收，粮价飞涨，奸商富户趁机囤积居奇，高价粜出粮米以牟取暴利。走投无路的乡民食不果腹，衣不蔽体，一步步往他乡逃命。他们多半死于路途之中，饿殍遍野。

据《元史》载，元顺帝至正十四年（1354），元朝的确有罕见的旱情发生，一时间流民四起。彼时正是刘时中生活的年代，见过此人间炼狱的他，自然有刻骨铭心的感悟。他笔下那幅令人不忍卒视的灾民图，无论孰人睹之，皆禁不住热泪盈盈。

眼见百姓生活于水深火热之中，官府并没有坐视不管，但收效甚微。因为天高皇帝远，赈灾的政令总难抵达受灾之地；而在大街小巷皆是流民的灾区之中，有钱之人依旧贩卖米谷、屯田置地、添仆加妾，无钱之人则注定要骨肉分离、忍饥挨饿、身填沟壑。

在一方黎民皆对生活充满绝望之时，《端正好·上高监司》的曲子中出现了一个菩萨心肠般的人物，他有拯救黎民于艰难困苦之中的力量。此人在现实中亦是存在的，他便是与刘时中同时的高监司；而《端正好》套曲便是刘时中搜尽自己的枯肠，写给高监司的一封万言书。

"爱民爱国无偏党，发政施仁有激昂。恤老怜贫，视民如子，起死回生，扶弱摧强……天生社稷真卿相，才称朝廷作栋梁。这项功能主见宏深，秉心仁恕，治政公平，莅事慈祥。可与萧曹比亚，伊傅齐肩，周召班行。"刘时中笔下的高监司开仓赈济灾民，并日夜奔走抚恤民心。对唯利是图的奸商与鱼肉百姓的污吏，刘时中都按照当朝律令施以严惩，毫不偏私。他堪比萧曹、伊傅那样的善臣良相，心中装着的皆是苍生。

在这封谏书中，刘时中痛快淋漓地揭露了地方父母官为恶一方的丑行。他极力描摹了一幅不胜凄楚的人间惨象，以引起高监司的重视：灾情深重之时，官府极力做好表面文章，出资出力，实际上，唯利是图的官商勾结，囤积大量纸币以供自己挥霍。百姓手中的钱财迅速贬值，生活更加无以为继。

然而，刘时中的苦心不止于此，他盛赞高监司的德行，亦是希望他能向朝廷进言，整顿地方吏治，抚恤地方百姓。身为百姓的父母官，赈灾与上谏本是高监司的职分，但刘时中仍苦言劝谏于他，其言谆谆，其情切切。朝廷腐败，令刘时中感到万分无奈。茫茫人海之中，他不知可向谁人诉说百姓的贫苦。他眼见高监司救灾之景，遂觉高监司或可成为百姓的救星，便将贪官污吏囤钱受贿的场面写入曲中，呈献给他。

【滚绣球】且说一季中事例钱，开作时各自与。库子每随高低预先除去，军百户十锭无虚，攒司五五拿，官人六六除，四牌头每一名是两封足数，更有合干人把门军弓手殊途。那里取官民两便通行法，赤紧他贿赂单宜左道术。于汝安乎？

刘时中《端正好·上高监司·滚绣球》

由于元时的币制混乱，贪婪的商人便与大权在握的官员相勾结，寻找律法当中的空隙，私下印制纸钞，从中得利。府库官员、军百户、攒司、官人、四牌头，由上而下，人人皆可得到银钱，即使是门军、弓手这样的小角色亦可分得好处。官吏横征暴敛，贪污银钱的忙碌之景令刘时中义愤填膺。他希望高监司是为民做主的"青天大老爷"，将百姓的种种疾苦都报与朝廷，以免发生民变，使国家陷入不可挽救的动乱之中。

刘时中的担忧未尝没有道理。元朝的最后一个皇帝元顺帝，本有庙号元惠宗，而朱元璋则为其起谥号"顺帝"。元惠宗弃天下江山于不顾，纵容奸臣专权，令蒙元政权苦苦苟活，终使民间爆发了大规模的起义。在起义军攻破元大都之时，元顺帝仓皇逃往宁夏方向，死于异地。朱元璋建立明朝之后，赐惠宗谥号"顺"，意为惠宗顺应天意将帝王之位拱手让与了朱氏一脉。元人不承认这令人羞耻的谥号，但也无可奈何。

生活在元顺帝时期的刘时中，正是在元王朝的根基动摇之时，向高监司倾诉了这一番衷曲。当时，元朝各地的百姓纷纷揭竿而起，大大小小的起义令元王朝风雨飘摇，朝不保夕。然而，刘时中的这番深情虽令人敬佩，但他又何尝不知，纵然高监司可救得一方百姓，又如何救得一个摇摇欲坠的王朝？

在这个道德沦丧、贤愚颠倒的世界之中，刘时中将愤恨与忧伤化作希望，写入自己的套曲。然而，当一个王朝走向了尽头，纵然有再多贤人相助也无力扭转乾坤。但刘时中不服输的个性和怜悯世人的柔情，让他又放不下受苦受难的黎民。

闲，天定许；忙，人自取。

在淡月疏星的夜晚，倾一杯美酒痛饮，是一种淡泊；在白雪纷飞的寒冬，心忧百姓难以保暖，是一种担当。逍遥快意的日子是上天许给世人的，自有因缘分定；为世人殚精竭虑是人自己选择的，奔波忙碌亦是甘心。是以，兼济天下之宏愿总是存于无数士子文人的心中，心系苍生的刘时中，便是这疲累人群中的一个，坚定不移地为苍生奔忙来去。

未尝苦，安知贫

《元史·拜住传》："臣有所畏者三：畏辱祖宗；畏天下事大，识见有所未尽；畏年少不克负荷，无以上报皇恩。"拜住为元英宗时的丞相，正因他心有所畏，方能辅佐君王，体恤百姓，成就一代贤臣。若元朝上下数百年间，如拜住一般的臣子皆得皇帝的重用，或许元王朝的统治便可更长久些，黎民的生活或许亦更安乐些。

宋代遗民谢枋得曾于《送方伯载归三山序》中言："介乎娼之下，丐之上者，今之儒也。"身在浊世，文人的地位比沦落风尘的娼妓还要多几分卑微，仅仅高于乞丐而已。一些文人甚至无以度日，只能放下诗书，沿街行乞。

倚蓬窗无语嗟呀，七件儿全无，做甚么人家？柴似灵芝，油如甘露，米若丹砂。酱瓮儿才馨撒，盐瓶儿又告消乏。茶也无多，醋也无多。七件事尚且艰难，怎生教我折柳攀花！

周德清《折桂令》

倚着蓬窗，士人的心中有苦难言，唯有对着瓦灶绳床发出一声声的叹息。宋人吴自牧《梦粱录》载："盖人家每日不可缺者，柴、米、油、盐、酱、醋、茶。"连此"开门七件事"尚难周全，怎能算作讨生活的人家？柴似灵芝般珍贵，油如甘露般难留，而米的声价则要贵过朱砂。酱瓮儿，盐瓶儿，无一刻可以盛满；茶壶之中，醋瓶之内，无一处能够丰盈。寒士欲衣食保暖尚且如此艰难，又如何能顾得上"折柳攀花"，过放浪形骸之外的逍遥日子？

在这首曲里，周德清声声嗟叹，将读书人的窘境描摹得淋漓尽致。这倚着蓬窗的主人公未必就是周德清本人，然而，此曲满含激愤的字里行间却不无元时百姓与士人的影子。从"做甚么人家"到"怎生教我折柳攀花"，周德清步步追问，而又蓦地住声，曲人的一腔悲慨似也倏然煞住。然而，他那胸中积郁的天下寒士为生计所迫而不得欢颜的愤慨，是否真的能煞住？

周德清在元时颇负盛名，他工乐府，善音律，在元曲与戏剧方面皆成就斐然。然而，他终生不仕，生活贫苦。在《折桂令》一曲不尽的余味之中，贫寒之家的困窘不言自明。如他这般的名士都度日艰难，其他的文人又如何呢？据史载，元朝中期的名臣吕思诚入朝为官之前，家境异常贫寒。时值旱灾肆虐，他的家中米瓮空空，唯能将自己独有的一件儒衫拿去典当。他的妻子非常不舍，而吕思诚却自嘲道："典却春衫办早厨，老妻何必更踌躇。瓶中有醋堪烧菜，囊里无钱莫买鱼。不敢妄为些子事，只因曾读数行书。严霜烈日皆经过，次第春风到草庐。"一个满腹经纶的书生却落魄至此，实在令人慨叹。

文人尚且如此，普通百姓生活的艰难更不必言。据《韩非子·外储说右下》载："薄疑谓赵简主曰：'君之国中饱。'简主欣然而喜曰：'何如焉？'对曰：'府库空虚于上，百姓贫饿于下，然而奸吏富矣。'"上则国库空虚，下则百姓困穷，在混沌的时世之中，只是富了那些搜刮民脂的奸吏；而在元朝，民不聊生的状况，恐怕只有过之而无不及。

宋金之际，民间通行的纸币很多，诸如交子、会子、大钞和小钞之类。忽必烈即位后，统一了币制，并规定朝廷每年发行的纸币不得超过十万锭银。然而，朝廷颁布的政令并未得以贯行，十余年后，元朝发行的纸币数量逐年暴涨。到了元朝中叶，民间通货膨胀的混乱局面已无法遏制，加之官商勾结，强取豪夺，鱼肉百姓，牟取暴利，原本便苦不堪言的百姓更难维持生计。元代曲人苏彦文仅存于世的《斗鹌鹑·冬景》套曲，便摹写了饱受官商摧残的穷苦之人，他们于寒冬生活的种种艰难皆令人声泪俱下。

地冷天寒，阴风乱刮；岁久冬深，严霜遍撒；夜永更长，寒浸卧榻。梦不成，愁转加。杳杳冥冥，潇潇洒洒。

【紫花儿序】早是我衣服破碎，铺盖单薄，冻的我手脚酸麻。冷弯做一块，听鼓打三挝。天哪，几时捱的鸡儿叫更儿尽点儿煞。晓钟打罢，巴到天明，划地波查。

【秃厮儿】这天晴不得一时半霎，寒凛冽走石飞沙。阴云黯淡闭日华，布四野，满长空、天涯。

【圣药王】脚又滑，手又麻，乱纷纷瑞雪舞梨花。情绪杂，囊箧乏。若老天全不可怜咱，冻钦钦怎行踏？

【紫花儿序】这雪袁安难卧，蒙正回窑，买臣还家，退之不爱，浩然休夸，真佳。江上渔翁罢了钓槎，便休题晚来堪画。休强呵映雪读书，且免了这扫雪烹茶。

【尾声】最怕的是檐前头倒把冰锥挂，喜端午愁逢腊八。巧手匠雪狮儿一千般成，我盼的是泥牛儿四九里打。

苏彦文《斗鹌鹑·冬景》

在被寒冷所充斥的天地之间，孤寂的黑夜也仿佛更加漫长。彻骨的寒冷浸透卧榻，令人辗转难眠，空自惆怅。

曲人为疾苦而沮丧叹惋，期盼着快点天明。然而，天明之后，晴空日暖唯有一时半霎，不久便又飞沙走石，霜雪烈风。漫天飞舞的雪花漫散天涯，被风雪阻于屋宇之内的曲人毫无踏雪寻梅的风雅。他思索着，昔日的古人如何能在这银装素裹的世界之中，书写风月，吟赏烟霞？

晋代周斐《汝南先生传》载，东汉的某日，大雪封门，天寒地冻。洛阳令到州中巡查灾情，见全城之中的家家户户都在除扫积雪，整理门庭，而一户人家的门前却毫无动静，厚雪封路，不可通行。他一问方知，这正是城中名士袁安的家。洛阳令以为袁安已被冻死，便令人凿门而入，未料袁安正蜷缩在床上冻得瑟瑟发抖。洛阳令遂问袁安家贫至此，为何不外出向亲友求助。袁安却说："大雪人皆饿，不宜干人。"为了不叨扰他人，袁安甘愿独自受冻。洛阳令被袁安心怀他人的贤德所感动，遂推举他为孝廉。

在苏彦文眼中，如此的大雪当前，即便是昔日的名士也要望而却步，视之变色。即便是袁安，亦难安卧于家中；幼时贫寒的吕蒙，常于雪天从自己居住的城南破窑去寺庙领取斋饭，在这般雪天之中亦只能退回破窑；少时家贫靠在外卖柴度日的朱买臣，亦要难忍严寒，折返家中。

韩愈获罪贬谪潮州时曾遇雪感叹，孟浩然曾于灞桥之上风雪寻梅，柳宗元看江边渔翁于风雪中垂钓，孙康映雪寻光刻苦向学，宋人陶谷路遇风雪，便逸兴生发，以雪烹茶。在苏彦文看来，大雪之中，如此的风雅之事都不能为时下的贫苦寒士所奢求。他们只盼凛冽的寒冬能迅速度过，日多晴暖的端午节要快些来才好。那时天朗气清，惠风和畅，人的心情方能一扫阴霾，变得欢愉起来。

未尝穷人苦，不知世人贫。人于高官厚爵之上写出的怜世诗文，多半是居高临下无关痛痒的观望之语。在漫如长夜的帝制时代，百姓生活得幸福与否，多半取决于一国之中是否有为民忧心的明主贤臣。《礼记·礼运》言："大臣法，小臣廉，官职相序，君臣相正，国之肥也。"大臣守法，小臣守廉，君主臣子都各守其职，一国方能国力鼎盛。然而，如此的清明盛世，又如何才能求得？

面对大雪，有人写风花雪月，缠绵悱恻之情；有人为雪作赋，无病呻吟；而苏彦文则写尽寒士于风雪之中挣扎的窘境，惨惨凄凄。在他的曲中，不见文人雅士赏雪赋诗的雅兴，只见一颗忧国忧民感时伤世之心。

钟嗣成于《录鬼簿》下卷将苏彦文列于"已死才人不相知者"，说他"有'地冷天寒'越调及诸乐府，极佳"。或许，连生卒年都尚且不详的他，单凭《斗鹌鹑·冬景》一曲便能流芳百世，不仅因其曲辞上佳，更因他那心怀天下的襟怀总令人钦佩与铭记。

诉羊冤，唱挽歌

元朝后期，元英宗硕德八剌即位后，一心施行仁政，主张以德治国。他与喜好儒学、精通汉族礼仪的丞相拜住一起，为拯救江河日下的元朝劳心费力，改革朝纲。他们起用儒士，推行新政，减轻赋税，整顿吏治，希望能为元朝的江山点亮最后的希望。然而，奸佞之臣为了反对新政，发动了一场宫廷阴谋，致使元英宗这位仁君死于非命。新政失败，元英宗主张的国策纲领自然不能一以贯之，这成为蒙元帝国永远的遗憾。

元英宗的宗亲也孙铁木儿即位后，大肆铲除异己，任用奸佞。自此，元王朝便被权臣所左右，风雨飘摇。朝廷混乱，民间亦难安定。生于乱世，黎民如何还有安乐可言？元后期的曲作大家曾瑞恰恰便活在此时，亲眼见证了元朝的衰亡。

钟嗣成一生凭吊过诸多文人，曾瑞亦是他深深佩服的一位儒家高士。在《录鬼簿》中，钟嗣成笔酣墨饱，为曾瑞写下悼词："江湖儒士慕高名，市井儿童诵瑞卿。更心无宠辱惊，乐幽闲不解趋承。身如在，死若生，想音容犹见丹青。"

曾瑞一生不入仕途，性格温润如玉却有一身傲骨。他离开北方，居于烟花繁盛的杭州城中，终日往来于闹市街巷，与江湖人士相交甚好，却偏偏不屑仕宦，自号"褐夫"，意即自己是一介布衣，乐得自在。他善于写曲作画，从不吝手笔，如同一位老师或和蔼的长者，宽厚待人。江浙一带的人赞其品性，亦称其才华，故对他推崇备至。

与民同乐的曾瑞亦与民同忧，但他并未将自己胸中的不满直抒而出，而是将自己的声声控诉写于一首首寓言曲中。

元文人之中，以寓言感时叹世者并不少，邓牧所撰的《越人遇狗》《楚佞鬼》，便是言语犀利的讽喻之作。他虽写的是妖魔鬼怪，却是借这些鬼魅来讽刺元朝的官宦与兵将。而曾瑞则将寓言与散曲熔于一炉，写出《哨遍·羊诉冤》套曲，替被欺压的百姓申冤诉苦。

平顺温和的羊有吉祥、美满、和顺等寓意，乃十二命宫之一，被古人所看重，故而被列为古代的祭品，命运凄惨。

【幺】告朔何疑，代衅钟偏称宣王意。享天地济民饥，据云山水陆无敌。尽之矣，驼蹄熊掌，鹿脯獐犯，比我都无滋味。折莫烹炮煮煎燺蒸炙，便盐淹将卮，醋拌糟焙。肉糜肌鲊可为珍，莼菜鲈鱼有何奇。于四时中无不相宜。

曾瑞《哨遍·羊诉冤》

据《孟子》载，秦代以前，各国流行以动物之血涂抹钟磬以歌颂功德的祭祀仪式，被称为"衅钟"。一日，有仆牵牛而过，准备宰来"衅钟"，齐宣王见状，对惊恐不已的牛顿生怜悯，故而叫人以羊代替。

然而，宣王的"仁心"令人怀疑。他对牛心生恻隐而不忍杀之，而羊做了祭品便不堪怜？孟子言："君子之于禽兽也，见其生，不忍见其死；闻其声，不忍食其肉。"奈何，世俗之中真君子少，假仁者众。人们为了满足自己的私欲，将羊制成了各式美食。然而在美味的背后，羊所受的苦痛是人所不能体悟的。

【一煞】把我蹄指甲要舒做晃窗，头上角要锯做解锥，瞅着颌下须紧要栓挝笔。待生掳我毛裔铺毡袜，待活剥我监儿踏碲皮。眼见的难回避，多应早晚，不保朝夕。

【二】火里赤磨了快刀，忙古歹烧下热水。若客都来抵九千鸿门会。先许下神鬼飚了前膊，再请下相知揣了后腿，围我在垓心内，便休想一刀两段，必然是万剐凌迟。

【尾】我如今刺搭着两个蔫耳朵，滴溜着一条粗硬腿。我便是蝙蝠臀内精精地，要祭赛的穷神下的呵吃。

曾瑞《哨遍·羊诉冤》

羊被宰杀时的惨状实在令人不忍卒视。单纯地将羊杀害，食其筋肉，人们尚且不满足，还要用羊的蹄甲装饰窗棂，将其头角制成刀柄，生剥羊毛纺成地毯袜毡，褪下羊皮制成皮革。遭受千刀万剐之后，羊的血肉骨筋无一处可以幸免，却不能引来世人的半点怜悯。冷漠的众人早已架好柴灶，要将它烹调献祭，故而只在一旁观看。

众人将羊围于垓中，看着它无辜地被肢解，一点点地死去。"行刑"之后，双耳耷拉、两腿分离，皮毛被剥得一毫不剩的羊横尸在人们面前，被呈作祭祀穷神的祭品，实在是惨不忍睹。

在这曲《哨遍》中，曾瑞化身被残酷宰杀的羊，控诉着贪婪的世人，嬉笑怒骂之间，皆是愤懑与悲伤。羊被残忍地杀害，却被用于祭祀不能护佑它们的穷神；百姓将自己的血汗供予统治者，而统治者不能造福苍生，这是多么可笑的轮回。

《庄子·齐物论》说："天地与我并生，而万物与我为一。"曾瑞正是怀着庄子一般的情怀，将天地生灵视为平等的众生。为羊诉冤的曾瑞，在怜悯羊的同时亦是在怜悯世人。在朝廷动荡、吏治混乱的时

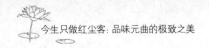

代中，奈何"人为刀俎，我为鱼肉"，贪官污吏正如活剥羊羔的屠夫一般盘剥着艰难谋生的平民百姓。

在元王朝铁马宏疆的背后，总是有令人难以言说的苦痛。帝国的雄图大业，仿佛流星一闪，昙花一现，其芳华还未闪耀许久便徐徐缓缓地熄灭。

俗语说，打江山易，守江山难。中原逐鹿，取得天下之后，统治者最亟待作为的不是向民施威，而是怜其不幸，令其安居。《左传·哀公元年》中言："以民为土芥，是其祸也。"一朝若不以百姓为重，便会走向衰亡。

帝国如风，在它璀璨夺目的光华背后，亦沉寂着不为常人所察的黑暗。悠游于市井闾里的曾瑞，以他那颗敏感良善的心，体察着这个尘世之中种种不为人知的艰难。为羊诉冤，或许正是曾瑞为蒙元帝国所唱的最后的挽歌。